KB096816

.... 님께 드립니다.

이 도서의 국립중앙도서관 출판시도서목록(CIP)은
e-CIP홈페이지(http://www.nl.go.kr/ecip)와 국가자료
공동목록시스템(http://www.nl.go.kr/kolisnet)에서
이용하실 수 있습니다.(CIP제어번호: CIP2013000498)

부모와 자녀가 마음으로 함께 읽는

뻐꾸기 별

박 명 호 소설집

우리글

뻐꾸기 소리에는 소리만 있는 게 아니라 이야기가 있다. 그리고 빛깔과 냄새가 있고, 뭔가 신비로운 주술 같은 힘이 있다. 그 소리에는 무엇보다 눈물겹도록 아름다운 내 어린 시절이 고스란히 담겨 있다. 그래서 그 소리는 추억을 재생시키는 리모컨 역할을 한다.

아이들과 그런 내 추억을 공유하고 싶었다. 사건만 있는 소설이 아닌, 빛깔과 냄새와 소리가 있는 뻐꾸기 소리 같은 소설을 들려주고 싶었다.

우리에게 수많은 소설들이 쏟아지고 있지만, 막상 아이들에게 이런 소설을 읽으라고 권장할만한 것은 그리 많지 않아 보였다. 기관이나 단체에서 선정한 청소년 권장 도서, 또는 청소년이 읽어야 할 소설 등이 있긴 하지만 그 목록이 천편일률적이어서 아이들의 선호도하고도 거리가 멀게 느껴지곤 했다. 아이들은 그런 소설에 별로 흥미를 느끼지 못하는 것 같았고, 그 중에는 애써 읽을 만큼 효용 가치가 없는 작품도 많았다.

차라리 내 작품은 어떠냐? 하고 감히 아이들에게 던져보았다. 뜻밖에 재미있어 했다. 그래서 용기를 낸다.

2013년 이른 봄
박명호

차례

그때 내게도
숲을 제압하는 뻐꾸기 울음 같은 뿔이 있다는 것을
비로소 알았다.
그리고 보면 내게도 카리스마가 있었다.
뻐꾸기 뿔과 같은.

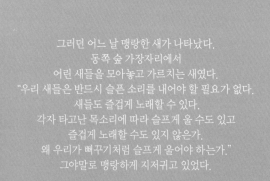

그러던 어느 날 맹랑한 새가 나타났다.
동쪽 숲 가장자리에서
어린 새들을 모아놓고 가르치는 새였다.
"우리 새들은 반드시 슬픈 소리를 내어야 할 필요가 없다.
새들도 즐겁게 노래할 수 있다.
각자 타고난 목소리에 따라 슬프게 울 수도 있고
즐겁게 노래할 수도 있지 않은가.
왜 우리가 뻐꾸기처럼 슬프게 울어야 하는가."
그야말로 맹랑하게 지저귀고 있었다.

어떤 우화에 대한
몇 가지 우울한 추측

평화로운 숲 속에 작은 변화가 일어났다. 숲을 다스리던 독수리가 늙고 병들자 느닷없이 목소리가 큰 거위가 뻐꾸기를 새 지도자로 추대하고 나선 것이다.

"자고로 '인지장사 기언은 선하고, 조지장사 기명은 애하다人之將死 其言 善, 鳥之將死 其鳴 哀'했거늘, 우리 새들이란 본시 슬프게 태어난 짐승인지라 슬프게 울어야 하는 것이 당연한 도리이오. 그런데 작금의 새들이 그 본분을 잊어버리고 노래하듯 즐겁게 지저귄다는 것은 한심하지 않을 수 없소. 슬프게 울지도 않는 새들을 어찌 새라고 할 수 있겠소? 저 뻐꾸기는 자신의 삶이 고달프거나 슬프지 않음에도 여전히 슬프게 울 수 있으니 모두가 본을 받아 마땅할 것이오. 도대체 우리 가운데 누가 저렇듯 슬프게 울 수 있단 말이오?"

그러자 거위의 사촌격인 오리가 옳소 하며 한 마디 더 붙였다.

"숲은 우리 모두의 것입니다. 그 누구의 것도 아닙니다. 뻐꾸기는 태어나면서부터 남의 집에서 남의 먹이를 얻어먹고 살다가 성장하면 미련 없이 보금자리까지 포기하고 떠나버립니다. 그래서 그는 여태 자신의 집도 갖지 않은 채 진정한 무소유의 삶을 실천하고 있는 새입니다."

'뻐꾸기를 본받자!'

뻐꾸기 붐이 물결쳤다. 그러나 반대 세력도 만만찮았다.

'뻐꾸기는 너무 촌스럽다. 그리고 우는 것도 지도자로서 품위가 없다.'

숲의 주도 세력인 학들은 뻐꾸기를 지도자로 인정하지 않았다.

뻐꾸기는 원래 남쪽 숲 귀퉁이에 살았는데 자기 동네에서도 별로 인기가 없었다. 목소리는 좋았지만 험상궂은 얼굴에다 일도 하지 않고, 탁란托卵까지 일삼으니 싫어하는 새들이 많았다. 그러나 봄 한철 그가 울어대는 소리는 더러 심약한 새들의 심금을 울리기도 했다. 언제나 바람을 잘 타는 까마귀 무리들이 기회는 이때다 하며 뻐꾸기 편을 들고 나왔다.

"뻐꾸기야말로 우리 힘없는 새들의 모습이요, 또한 약한 새들의 대변자입니다."

"옳소."

주로 목소리가 큰 새들이 까마귀 무리에 합세했다. 조용하던 숲은 날마다 시끄러운 소리로 가득 찼다.

뻐꾸기가 새로운 지도자가 되었다. 까마귀, 까치, 거위, 오리……. 목소리 큰 새들은 제 세상 만난 것처럼 더욱 목소리를 높였다. 숲은 그들의 세상이 되고 말았다.

거위는 어느덧 울음소리도 꺼꾹꺼꾹 하면서 뻐꾸기 소리를 닮아가고 있었다. 오리들도 무리지어 꽥, 꽥 하던 울음을 꽤꾹, 꽤꾹 대면서 숲 속의 새들을 선동했다. 거위, 오리만이 아니었다. 까마귀도 까악까악에서 까꾹까꾹으로, 참새는 째꾹, 닭은 꼬꾹, 촉새는 촉꾹으로.

숲 속에 사는 모든 새들의 우는 소리가 닮아갔다. 본래 제 울음을 우는 새들이 이상한 새로 몰리기 시작한 것도 그때부터였다. 애초에 슬픈 소리를 낼 수 없는 새들은 아예 입을 다물어버렸다. 슬픈 소리를 내던 새들 중에서도 그런 분위기가 싫어 입을 다물어버리는 새들도 더러 있었다.

그러던 어느 날 맹랑한 새가 나타났다. 동쪽 숲 가장자리에서 어린 새들을 모아놓고 가르치는 새였다.

"우리 새들은 반드시 슬픈 소리를 내어야 할 필요가 없다. 새들도 즐겁게 노래할 수 있다. 각자 타고난 목소리에 따라 슬프게 울 수도 있고 즐겁게 노래할 수도 있지 않은가. 왜 우리가 뻐꾸기처럼 슬프게 울어야 하는가."

그야말로 맹랑하게 지저귀고 있었다.

풍경 1

거리는 갑자기 소리가 멈춰버린 텔레비전 화면 같았다. 화선지의 먹물처럼 거리로 번져나가 마침내 거리를 점령해버리기까지 사람들은 모두 숨을 죽이고 있었고, 길이 막힌 차들의 흔한 경적도 들리지 않았다.

다만 바람이 바다 쪽에서 불어와 남쪽 항구의 짭짤한 갯냄새만 사람들 사이를 헤집고 다녔다. 갯냄새 속에는 항구를 삼킬 듯 출렁대는 파도가 있었다. 그것은 금방이라도 폭발해버릴 것 같은 거리의 긴장을 더욱 숨 막히게 하고 있었다.

항구에 사는 사람들은 다른 곳의 사람보다 성격이 거칠고 급하다. 거리에 몰려든 사람들은 자신들보다 더 거칠고 급한 사내의 소동을 구경하고 있었다.

호텔 2층 커피숍 창가에는 웃통을 훌떡 벗은 사내가 종업원

아가씨의 목을 끌어안고 과도를 목에 들이대고 있었다. 사내는 무엇이 원통한지 한 번씩 소리를 꽥꽥 지르면서 긴 생머리의 아가씨를 과도로 찌를 듯한 자세를 취했고, 그럴 때마다 사람들의 조심스런 비명이 터져 나왔다.

그러나 그러한 비명마저 소리가 차단된 판토마임으로 토막지고 있을 뿐이었다. 범인은 한 명이 더 있었다. 그도 역시 웃통을 벗은 채 창밖으로 불끈 쥔 주먹을 올렸다 내렸다 하며 무엇인가를 외치다가 창문을 닫곤 했다. 아마 경찰 측이 자신을 저격할 것이 두려운 것 같았다. 그는 칼을 든 사내보다 더 흥분해 있는 것 같았다.

경찰은 만일의 사태를 대비해서 호텔 아래 땅바닥에 매트리스를 깔아놓았다. 핸드마이크로 설득을 하고 있지만 범인도 경찰도 서로에게 마이동풍馬耳東風이었다.

마침내 범인의 어머니들까지 달려왔다. 범인은 어머니의 울부짖는 호소에도 불구하고 인질도 죽이고 자신도 죽어버리겠다고 소리 질렀다.

문제는 범인의 요구가 너무 어이가 없다는 데 있었다. 범인은 며칠 전 벌어진 브라질 월드컵 4강전 한국 대 프랑스의 경기를 다시 하라고 요구하고 있었다. 그 경기에서 한국은 2:1로 아깝게 졌다. 설득하는 경찰로서도 실로 난감하지 않을 수 없었다.

그러니까 전반전 한국이 선취골을 넣었으나 오프사이드 반칙 선언으로 무효가 되었다. 심판 판정에 격렬하게 항의하던 박기도 선수가 퇴장까지 당하고 말았으니 주심의 판정은 그날 경기 결과에 결정적 역할을 한 것이다.

그러나 삼자 입장에서 봤을 때 심판은 비교적 공정했다. 아니 국제 경기에서 그러한 판정은 흔히 있을 수 있는 일이었지만 대한민국에서는 어느 누구도 주심 판정의 공정성이나 재량을 말하지 않았다.

실제 모 방송의 한 해설위원이 판정이 옳았다며 오히려 거칠게 항의하는 선수들을 나무라면서 선수는 경기에 열중해야 한다고 했다. 하지만 그는 국민들의 비난 여론 때문에 한동안 국내로 들어오지 못했다. 그날 중계했던 대부분 방송에서는 이길 수 있는 경기를 심판 때문에 졌으므로 대한민국이 너무 억울하다며 흥분된 감정을 삭이지 못했다.

급기야는 인터넷 등에서 오프사이드 기를 들었던 일본인 선심과 미국인 주심을 타도하는 글과 미국과 일본을 비난하는 글들이 봇물처럼 터져 나왔다.

결국 반미, 반일 감정에 불을 지르는 결과가 되고 말았다. 몇 년 전 벌어졌던 미선, 효선 사건과 광우병 파동, 그리고 독도 문제가 한꺼번에 터진 셈이어서 여태까지 쌓인 반미, 반일 감정이 폭발 직전에 있었다.

'역시 왜놈은 왜놈이야. 백보 양보해서 설사 오프사이드라고 해도 못 본 채 넘어갈 수 있는 것을 말이야.'

'팔이 안으로 굽는다고 편을 들려면 이웃 나라 편을 들어야지 저 먼 프랑스 편을 들게 뭐야.'

'선심이 다소 애매한 지점에서 기를 들었어도 주심이 그대로 경기를 진행시키면 끝나는 거 잖아.'

'선심은 자기 나름대로 공정하게 한다고 한 거겠지. 설사 어느 편을 들고자 했다 치더라도 우리 편이 될 이유가 있겠어? 지구 상에서 가장 일본을 싫어하는 나라가 우리인데 뭐가 이뻐서 우리 편을 들어주겠어? 그리고 미국은 우리보다 프랑스가 가깝지 뭐 하러 우리 편을 들겠냐?'

제법 생각이 있는 치들이 일방적 편들기 여론에 양념을 치듯 반박을 했지만 그 말을 내뱉는 순간, 반민족자로 몰렸다. 아무리 친한 친구라도, 아니 부자지간이라도 그런 말을 했다간 바로 주먹질이요, 의절이었다.

일본과는 전쟁이라도 한판 붙을 분위기였고, 홧김에 서방질 한다고 이참에 그동안 소원했던 북한과 합작이라도 해서 일본 열도나 하와이까지도 성능 나쁜 북한제 미사일이라도 날릴 태세였으니, 그 무엇도 들끓는 국민감정을 진정시킬 수 없을 것 같았다. 더구나 일부 정치인들이 앞다투어 여론에 동조하고 나서면서 불난 데 기름을 붓고 있었다.

어느새 텔레비전의 현장 중계가 진행되었다. 온 국민들의 눈이 남쪽 항구 도시로 쏠렸다. 대한민국은 그의 주장에 동조했다.

'오죽했으면 그랬을까, 미국놈 일본놈은 사죄해야 한다.'

인질극은 하루를 넘겨도 해결될 기미가 보이지 않았다. 여기 저기서 범인에게 동조하는 데모가 벌어졌다. 거기에 고무된 인질들은 더욱 기고만장했고, 결국 인질극은 장기전이 되어가는 듯 했다. 저녁마다 중요 도시에서는 몇 만에서 수십만 명이 운집해 반미와 반일을 외치며 촛불 시위를 했다. 범인은 거의 영웅이 되어가고 있었다.

드디어 NHK나 CNN 같은 곳에서도 생중계를 하기 시작했다. 세계가 주목하고 있었다. 대한민국은 더욱 고무되었다. 조선의 억울함을 세계 만방에 알렸던 저 헤이그밀사사건 때처럼 월드컵 결승의 억울한 탈락을 알릴 절호의 기회가 온 것이다.

그러나 세계의 시선은 싸늘했다. 세계 언론들은 한국 당국의 미지근한 대응과 연약한 여성의 생명보다 범인의 터무니없는 주장에 동조하는 대한민국의 국민 여론을 비난했다.

자랑스러운 대한민국은 잠시 딜레마에 빠졌다. 차라리 일을 저지를 바엔 미국이나 일본 대사관에 들어가 대사 정도를 인질로 잡고 일을 저질러야지, 연약한 여성을 그것도 동포 여성을 인질로 잡고 재경기를 요구하니 오히려 대한민국의 억울함이 역풍을 맞을 수도 있다는 불안감이 들었다. 그러나 대한민국 국민 중에 그러한 안목을 가진 자는 극소수였다.

시위는 식지 않았고 오히려 갈수록 숫자가 늘어났다. 그러는 가운데 대한민국의 구국청년대 소속 대원 십여 명이 쓰시마에 상륙해 에보시다케 전망대에 태극기를 꽂고 '대마도는 우리 땅!'이라며 시위를 했다. 심지어 그들은 전망대에 바리케이드까지 치고 한동안 현지 경찰과 대치 소동까지 벌였다.

그 사건이 발생하자 일본 극우단체 소속 대원들 십여 명도 독도 영유권을 주장하며 독도 상륙을 시도하다가 좌절되자 독도 주위를 돌며 해상 시위를 벌였다.

이에 뒤질세라 충청도 어느 도시에서는 과거에 주먹으로 한 시대를 풍미했던 김두한의 후계자를 자처하는 육십 대 사내가 일본 타도를 외치며 손가락을 잘랐다. 연이어 전국 곳곳에서 모방 단지 사건이 터졌다.

뿐만 아니라 쓰시마 상륙 시위도 잇따랐다. 일본의 극우파들도 기회는 이때다 하고 어선 수십 척을 대동해 독도에 상륙해 마침내 일장기를 흔들며 장기 시위에 들어갔다.

바야흐로 반일감정은 점입가경이었다.

'대한민국 국회의사당이 있는 신성한 여의도에 사꾸라가 웬 말이냐!'

좌우당의 극일도 국회의원은 같은 당 소속 청년당원들과 여의도에 있는 벚나무 베어내기 운동을 벌였다. 그 운동은 삽시간에 전국으로 퍼져갔다. 대한민국의 모든 벚나무는 한순간에 '사꾸라'로 돌변했다. 여의도에 있는 벚나무뿐 아니라 전국에 있는 대부분의 벚나무가 벌목되었다.

한편 반미 시위도 반일 시위 못지 않았다. 시위대가 요크션지 바크션지 미국을 상징하는 누룩돼지 한 마리를 능지처참했다. 200근이나 되는 큰 돼지는 버둥대다 일 분만에 사지가 토막 났다. 이들은 꿈틀대는 돼지의 목에 식칼을 꽂았다. 이른바 돼지 목을 딴 것이다. 돼지는 삼십 분 동안 광장의 보도를 피로 물들이며 놓여 있었다.

시위대가 '퍼포먼스'라고 부른 이 광경을 지켜보던 일부 시민들은 박수를 쳤고 대형 태극기를 흔들기도 했다. 수만의 시위대는 피를 보자 더욱 흥분하기 시작했다. 이 끔찍한 장면은 인터넷을 통해 전 세계로 퍼져나갔고, 유럽과 미국의 동물보호단체에서 항의 집회가 열렸다.

그런데도 대한민국에서는 삭발, 단식, 자해, 분신, 죽창, 화염병, 방화까지 모든 시위 방법이 총동원되었다. 경찰은 통제 불

능이었고 오히려 시위대에 쫓기고 얻어맞아 중상자가 늘어날 따름이었다.

반미 감정은 근본적으로 반일 감정보다 그 뿌리가 얕아서 순간적으로 크게 타오를 수는 있어도 지속적일 수는 없었다.

그러나 분노가 폭발할 때 억지로 막으려면 감당할 수 없을 만큼 파괴력이 커진다. 그러니 적당한 통로를 열어 유도할 필요가 있었다. 그럴 때 미국보다 일본이 선택될 가능성은 불문가지다. 우선 미국은 일본보다 힘이 세고, 지리적으로 멀리 떨어져 있기에 훨씬 덜 효과적이었다.

때마침 좋은 사냥감 하나가 걸려들었다. 그건 '차라리 독도를 일본에 돌려주라'고 주장하는 '쥐뿔'이란 아주 맹랑한 소설가였다. 그 판국에 대한민국 사람들의 태도를 비판하고 일본을 옹호하는 듯한 글을 인터넷에 올려 화를 자청한 것이다.

어차피 그 시점에서 누군가가 희생양이 되어야만 했다. 권력층에서는 국민 봉기가 두려웠다. 판이 뒤집어지면 그들의 안온한 미래도 보장받을 수 없다. 그런 차에 좋은 사냥감이 등장한 것이다. 그는 이미 성난 네티즌들에 의해 검찰에 고소당했고, 그도 네티즌을 고소했다. 검찰에서는 재빠르게 두 건에 대해 불기소처분을 내려버렸다.

검찰은 친일작가 쥐뿔 씨의 망언에 악성 댓글을 단 네티즌 천여 명에 대해 '표현이 다소 과격하더라도 사회 상규에 부합되면

죄가 되지 않는다'고 밝혔다.

이들은 '독도를 일본에 돌려주라'는 쥐뿔 씨의 글에 욕설을 퍼붓는 등 악의적 댓글을 달았다고 한다. 독도가 일본 영토라는 쥐뿔 씨의 망언에 대해 네티즌들이 반박하는 차원에서 의견을 올린만큼 거친 표현이나 욕설을 썼더라도 '위법성 조각阻却사유'에 해당한다는 것이다.

검찰은 오히려 쥐뿔 씨가 일본의 독도 도발 때 '친일을 위한 변명'이라는 자신의 책을 홍보하기 위해서 네티즌들이 반발할 것이 뻔한데도 인터넷에 글을 올려 국민감정을 자극했다고 판단했다.

검찰은 이번 수사과정에서 글을 올린 네티즌들에 대해서는 한 명도 조사하지 않았다. 한편 검찰은 쥐뿔 씨를 국가모독죄로 처벌해 줄 것을 요구한 고소, 진정 사건과 관련해서도 현행법에는 '국가모독죄'가 없다며 쥐뿔 씨를 불기소하기로 했다.

'국가모독죄라는 것이 있기는 한가?'

'글쎄 말이야.'

'쥐뿔도 없는 쥐뿔을 일본에서 지진이 제일 많이 나는 땅에 생매장 하라.'

쥐뿔을 처단하라는 요구가 거세게 요동을 치고 있었다.

풍경 2

그날 결승 진출이 좌절되던 날, 광장의 흥분은 누구도 제어할 수 없는 완전 무정부상태였다.

평범한 시민 김평민 씨는 여느 사람들처럼 네 살 된 아들과 아내와 함께 시청 앞 광장으로 갔다. 가족 모두 빨간 옷으로 갈아입고 다소 들뜬 마음으로 집을 나섰다.

경기 시작 두 시간 전이었는데 광장은 벌써 붉은 인파들로 꽉 찼고, 그 붉은 빛깔이 거대한 불꽃처럼 들끓고 있었다. 한 마디로 대한민국이라는 용광로 속으로 내던져진 느낌이었다. 그들은 집에서 텔레비전을 볼 수도 있었지만 그 분위기를 맛보기 위해서 광장으로 나온 것이었다.

사실 그러한 분위기의 조짐은 진작 있었다. 7회 연속 월드컵 진출도 진출이지만 사상 두 번째로 4강 진출이라는 사건을 연출할 때부터 알아봐야 했다.

물론 저 2002년에 4강의 위업을 달성하긴 했다. 하지만 솔직히 그것은 똥개도 제 집 앞에선 힘을 쓴다는 개최국 프리미엄 때문이었다.

외국산 감독 없이 순수 자력으로 4강까지 갔으니 전 국민이 흥분할 만한 이유는 충분히 있었다. 안 그래도 흥분 잘하는 민족을 꼽으라면 세계에서 둘째라 해도 서러워할 판인데. 전국은 그야말로 광란의 도가니였다.

거리마다 마을마다 도시마다 대한민국 방방곡곡에서 그 장한 '대~한민국'을 목 놓아 부르고 있었다. 거리에서 가벼운 승용차 접촉사고가 나도 '대~한민국'이면 서로가 웃으며 시비를 중단했다.

직장에서 쫓겨난 노숙자도 '대~한민국'이면 배가 불렀다. 어느 삼십대 직장인은 버스를 타고 가다가 대~한민국 소리에 그저 눈물을 흘렸다. 그러한 모습은 흔한 풍경이 되어 버렸다.

거리마다 태극기가 나부꼈고, 모든 언론과 인터넷에서 그 자랑스러운 대한민국의 월드컵 준결승 진출에 대해 흥분하고 있었다. 도저히 믿을 수 없는, 꿈조차도 꿀 수 없었던 어마어마한 일이 현실이 된 것이었다.

자다가도 축구 생각하면 벌떡 일어나 '대~한민국'을 소리 지르며 손뼉까지 맞춰 치고는 자는 사람들이 많았다.

국회에서 멱살을 잡던 의원들도 길거리에서 사소한 일로 다투던 사람들도 '짜작 짜 짜짜' 소리만 들리면 같이 대한민국을 외치며 화해했다. 떼를 쓰며 울던 아이까지 그 소리를 내면 울음을 그치고 웃을 정도였다.

자동차와 오토바이의 부릉부릉 소리도 '대~한민국' 곡조로 바뀌었다. 심지어 방귀 소리도 트림하는 소리도 산에 가서 환호성 지르는 야호 소리도 '대~한민국'으로 바뀌고, 모든 곡조가 '대~한민국'이었다.

그야말로 대~한민국으로 날이 밝아 대~한민국으로 잠이 드는 세상이 되어 버렸다. 이를테면 그 소리는 어느덧 그 누구도 거부할 수 없는 기쁨의 소리이자 명령이 되어 버린 것이다.

이윽고 경기는 시작되었고, 붉은 군중들은 우리 선수들이 공만 잡아도 감격에 찬 환성을 질렀다. 마침내 전반 20분경 우리가 먼저 한 골을 넣자 광장의 분위기는 한껏 달아올랐다. 여기저기서 기절하는 사람들도 보였다.

하지만 곧이어 오프사이드 반칙으로 노 골이 선언되고 항의하던 박기도 선수가 퇴장하자 광장은 요동쳤다.

후반전이 시작되어 곧바로 상대의 골이 터지고 몇 분 뒤 바로 동점 만회 골이 터졌다. 한순간에 지옥과 천당을 갔다 왔다 했다. 사람들은 극도로 흥분하기 시작했다. 그러나 십여 분 남겨

놓고 프랑스의 완벽한 결승골이 대한민국의 골대 그물을 흔들고 말았다.

경기의 패색이 짙어지자 광장의 분위기는 완전히 난장판으로 바뀌고 말았다. 맥주 페트 병, 깡통들이 날아다니고, 스프레이가 난사되고, 신문지나 종이들에 불을 붙여 집어던졌다.

게임이 종료되자 김평민 씨는 덜컥 겁이 났다. 네 살 된 아들과 임신한 아내가 걱정이 되었다. 그는 그제야 광장에 나온 것을 후회했다. 술에 취해서 서로 얼싸안고 뛰어다니거나 태극기를 들고 앞도 보지 않고 마구 뛰어다니면서 괴성을 지르고, 그들이 휘두르는 태극기는 각목도 있고 쇠파이프도 있어서 그대로 흉기와 같았다.

인파에 밀린 김평민 씨가 소리를 질렀다.

"밀지 마세요, 임신한 사람이 있어요!"

응원단 십여 명이 그의 아내를 에워쌌다.

"어, 뱃속에 축구공이 들었네."

응원단 하나가 불룩한 배에다 얼굴을 대고 소리쳤다.

"대~한민국"

그가 선창을 하니 나머지도 대한민국을 합창했다. 아내는 하얗게 질려 버렸다. 김평민 씨가 응원단을 밀어내자 옆에 있던 대한민국 동료가 남편의 멱살을 잡으면서 욕설을 퍼부었다.

그것을 본 머리가 희끗한 중년이 나무랐다. 그러나 젊은 대한민국은 아버지뻘 되는 사람에게 욕설을 퍼부었다.

"이 늙은이가 집구석에 처박혀 있지, 뭐 하러 기어 나왔냐?"

"다음 월드컵은 늙어 죽어서 못 보겠네?"

"약 오르지, 난 또 볼 수 있다."

그들은 태극기를 흔들며 군중 속으로 사라졌다.

경찰 통제선은 다 무너져 도로도 난장판이 되었다. 공중전화 수화기로 전화기를 두들기며 대한민국을 외치는 바람에 전화기는 박살나 수화기만 줄에 달려 대롱거렸다.

도로로 나온 군중들은 지나가는 버스, 택시, 승용차 모두 세우고 지붕에 올라타기도 하고, 차를 박살내기도 하면서 연신 대한민국을 외쳐댔다.

한 버스 기사가 경적을 울리며 나무라자 누군가 소리쳤다. "야, 저 차에 올라타!"

사람들은 순식간에 차로 몰려가더니 지붕과 보닛에 올라가 박살을 내버렸다.

폭주족들은 대한민국 박자로 빵빵대며 사람 사이를 요란하게 지나다녔고, 근처 상가 입간판은 몽땅 부서지고, 편의점 물건들을 마구 꺼내어 그냥 밖으로 가지고 나오는 사람들이 즐비했다.

편의점 주인이 계산하고 가라 소리치면

"야 오늘 같은 날 그냥 쏴라, 같은 민족인데 쪼잔 하긴……."

하면서 빈정대거나 욕설을 퍼부었다.

김 씨가 전쟁터에서 대피를 하듯 간신히 골목으로 빠져나와 차를 가지고 집으로 가려는데 차도 입구에서부터 사람들에게 막혀 나갈 수가 없었다. 앞에 있던 차들은 사람들이 흔들고 있고, 흥분한 응원단 일부는 차 지붕에 올라가 쿵쿵 뛰고 있었다.

김 씨가 후진하자, '야, 저 차도 잡아. 박살내버려' 하면서 따라와 김 씨가 재빠르게 유턴하자 욕설과 함께 악착스레 쫓아왔다. 결국 김 씨는 간신히 응원단이 없는 골목에 차를 세워둔 채 새벽까지 숨죽이고 있어야 했다.

광화문 이순신 장군 동상 앞에 '민족반역자 처단'이라는 만장 하나가 바람에 펄럭이고 있었다. 만장 바로 아래에는 나무 의자 하나뿐인 단출한 무대가 마련되어 있었다. 가는 비마저 흩뿌리고 있어서 광장은 훨씬 을씨년스러웠다.

사람들이 하나 둘 모여들기 시작했다. 그들의 손에는 돌처럼 단단한 야구공이 하나씩 들려져 있었다. 띄엄띄엄 우산이 보였지만 대부분 그냥 비를 맞거나 일회용 비옷을 입고 있었다.

과연 그가 나타날 것인가. 그가 나타나 저 성난 군중들에게 당당하게 자신의 주장을 펼 수 있을까. 그리하여 예수처럼 군중들이 돌아서게 할 수 있을까. 아니면 '용기 있는 자, 내게 야구공을 던져라!'고 외칠 수 있을까.

하지만 그는 종교지도자나 민족 지도자도 아니요, 유명 작가도 아니다. 그저 대한민국의 덫에 걸러든 아주 맹랑한 소설가일 뿐이었다.

'정말 내가 민족 앞에 맞아 죽을 짓을 했다면 나를 처단해도 좋다.'

그는 자신의 트위터에서 자신을 항해 비난의 화살을 퍼붓는 네티즌을 향해 단언했다. 물론 격앙된 국민감정을 고려한 한 언론의 고육지책 같은 중재이긴 하지만, 야구공으로 몰매를 맞게 한다는 연극적 구상은 희대의 해프닝이 될 가능성을 다분히 지니고 있었다. 소문에 의하면 권력 핵심부에서 그를 설득했다고도 했다.

처음에 사람들은 단순한 말장난으로 생각했다. 그러나 점차 그날이 다가올수록 그 말의 가능성은 조금씩 현실성을 띄게 되었다. 그러는 사이에 인터넷 논쟁은 더욱 불이 붙었다.

쥐뿔은 무모했다. 일 대 다수, 한 사람이 실체가 드러나지 않은 다수와 싸운다는 것은 사마귀가 수레와 맞서는 당랑거철螳螂拒轍이요, 벌거벗은 채 말벌 집을 건드리는 것과 같은 짓이었다. 특히 인터넷 토론에서는 뛰어난 능변자라 해도 직접 군중과 토론한다는 것은 처음부터 무모한 싸움이었다.

상대는 모두 숨어서 총을 겨누고 있는데 본인은 한 거리에 나외 맞서고 있으니 세상에 그만큼 어리석고 무모한 짓이 어디 있겠는가. 거기다가 반일 감정이 달아오를 대로 달아올라 있는 차에 쥐뿔이 나선 것은 그야말로 섶을 들고 불 속으로 뛰어든 것과 같았다.

마침내 그가 논쟁을 중지하고, 공개된 자리에서 대중들과 직접 맞짱을 뜰 것을 제의했다. 그리고 '누구든 토론에서 나를 이길 수 있다면 야구공에 맞아 죽어도 좋다'고 기염을 토했다. 그 기염에 고무된 한 언론사가 나서서 연극과 같은 무대를 마련한 것이었다.

그가 몰매를 맞아 죽든 그렇지 않든 세계사에 영원히 남을 연극에 참여하기 위해 시민들은 궂은 날씨도 마다하지 않았다. 그리고 그들이 존경해 마지않는 장군님 앞 광장에 몰려들었다.

마침내 그가 나타나 의자에 앉았다. 그는 아주 당당했다. 그리고 토론이 시작되었다. 중재한 언론사의 편집국장인 사회자가 개회 선언을 하자마자 한 젊은이가 기다렸다는 듯이 무대로 뛰어올랐다. 그가 무대에 올라옴과 동시에 여기저기서 일당으로 보이는 젊은이들이 준비한 유인물을 뿌리기 시작했다.

긴 머리를 펄럭이는 한 젊은이는 사회자를 옆으로 밀쳐내고 소리쳤다.

"당신과 토론을 할 것이 아니라 사죄를 받아야겠소!"

그러자 또 한 젊은이가 올라왔다.

"역사와 민족 앞에 무릎을 꿇으시오!"

"옳소!"

분위기가 이상하게 돌아가자 사회자는 질서 있는 진행을 요구했지만 그들은 막무가내였다. 오히려 제지하는 진행자들을 무대 아래로 밀어내 버렸다. 군중들은 박수를 치며 막무가내 젊은 이들을 응원했다.

"무릎을 꿇어라!"

이제는 막무가내들이 쥐뿔을 에워싸고 금방이라도 칠 듯이 위협을 했다.

여기저기서 맞장구가 터져 나왔다.

꿇어라, 꿇어라……

군중들의 소리는 순식간에 하나의 목소리로 광장을 압도했다. 한 목소리로 외치는 군중들 위로 그들이 뿌리는 유인물들이 어지럽게 흩어졌다. 그 속에는 지금껏 쥐뿔이 주장한 중요한 내용이 담겨 있었다.

왜 우리만 정당한가.

왜 우리의 역사만 올바르고 남의 역사는 왜곡인가.

왜 '동해'라고 하는 것만 정당한가. 중국에도 동해가 있고, 일본은 서해인데 그것이 용납되겠는가.

차라리 독도를 일본에게 주고 더 큰 것을 얻을 수는 없을까.

왜 우리 지성인들은 한번쯤 이런 의문을 던지지 않는 걸까.

연암 시절 북벌론과 지금의 친일 청산론은 민족적 우월감이 뒤틀려 낳은 열등감의 일종이며 자기 불만족 때문에 자해를 하는 것 같은 모습이다.

프랑스는 독일에게 그렇듯 당했지만 그들의 자부심은 꺾이지 않았다. 우리 역시 임진왜란 뒤 별다른 보상을 요구하지 않은 채 통신사를 파견할 수 있었던 것은 일본에 대한 우리의 건강한 자부심 덕분이었다.

주심인 미국인 심판은 정당했고, 부심인 일본인 심판도 정당했다. 그가 미국인이고, 일본인이기 때문에 더 비난하는 것은 국가의 수치이며, 자존심이 상하는 일이다. 스포츠는 스포츠일 뿐이다.

야구공이 하나 쥐뿔 쪽으로 날아들었다. 공은 그의 옆을 비껴갔다. 연이어 몇 개가 날아들었다. 그는 피하지 않고 꼿꼿하게 앉아 있었다. 그러나 공은 모두 비껴갔다.

또다시 여러 개가 한꺼번에 날아들었다. 그 중 하나가 그의 이마에 명중했다. 퍽-. 그의 고개가 수그러졌다. 와- 하는 함성과 박수가 터져 나왔다. 그가 곧 고개를 쳐들고 바로 앉았다.

"쳐라!"

그 순간 일제히 공들이 날아들었다. 어느덧 그의 얼굴에서 피가 흘렀다. 군중들의 함성은 더 커졌다. 공은 사정없이 날아들었다. 그러나 그는 도망가지 않았다.

결국 쥐뿔이 쓰러졌다. 그가 쓰러진 뒤에도 공은 사정없이 날아들었다. 119가 달려왔다. 그가 실려 갔다.

결국 인류사상 유래가 없는 처형이 벌어지고 말았다. 병원으로 실려 가서 치료 도중에 사망했지만 현장에서 죽임을 당한 것이나 마찬가지였으니 '공개처형'이라 할 수 있었다.

사형제도가 있는데도 수십 년 동안 사형을 집행하지 않던 나라에서 그 제도가 폐지되자마자 그런 어처구니없는 공개처형이 일어난 것이다.

그것도 이슬람이나 북조선도 아닌 선진국 대열에 있는 그 자랑스러운 대한민국 사회에서 군중 재판이라니. 아니 공개처형, 그것도 야구공 공개처형이라니 온 세계가 어이없어 했다.

사실 공개처형이 일어난 바로 그날, 그것을 예상한 사람은 아무도 없었다. 다만 그에게 모욕감을 주기 위해 야구공이라는 국민 스포츠의 구기를 빌렸을 뿐이었다. 그래서 격앙된 국민들의 감정을 다소나마 가라앉혀 보자는 대한민국 지도층의 속셈이었을 것이다.

조선시대에도 가마솥에 거짓으로 사람을 삶아 죽이는 '팽형烹

刑'이란 게 있었다.

그러나 그날, 그저 적당히 야구공 몇 개 정도 던질 것이란 예상은 완전히 빗나가고 말았다. 그것도 공에 맞아 쓰러지고 피를 보면 사람들이 겁나서 그만 둘 것이라 여겼는데 오히려 더 흥분하기 시작한 것이다.

그렇게 된 데에는 쥐뿔 씨의 잘못도 있었다. 쥐뿔도 없는 소설가 주제에 성난 군중 앞에 나가기는 왜 나갔으며 군중들이 공을 던지면 그때라도 도망치면 될 것인데 끝까지 버텨 죽음을 자초한 것인지. 시민의 입장에서 보면 죽어야 저승 맛을 아는 것이 아니라, 죽여야 끔찍한 지옥 맛을 아는 꼴이 되고 말았다.

그는 공화국 사람들이 다 좋아하는 것을 좋아하지 않았고, 다 싫어하는 것을 싫어하지 않았다. 단지 그것 때문에 비참한 최후를 맞이하고 만 것이었다. 그렇게 죽은 그가 남긴 우화 하나만 자신의 죽음을 대변하고 있었다.

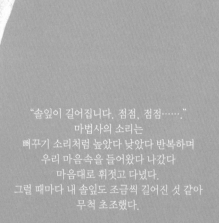

"솔잎이 길어집니다. 점점, 점점……."
마법사의 소리는
뻐꾸기 소리처럼 높았다 낮았다 반복하며
우리 마음속을 들어왔다 나갔다
마음대로 휘젓고 다녔다.
그럴 때마다 내 솔잎도 조금씩 길어진 것 같아
무척 초조했다.

도기 생각

교실이 모자라 두 반을 합반한 교실은 몹시 후덥지근했다. 뒷산 뻐꾸기 소리는 쉴 사이 없이 창을 넘어왔다.

명희가 울었다. 명희는 울음을 좀체 그치지 않았다. 그칠 만하다가 묘하게도 뻐꾸기가 울면 다시 따라 울곤 했다. 새로 산 연필을 잃어버렸다고 했다. 부잣집 딸이었던 명희는 더러 우리가 가지지 못한 좋은 학용품들을 가지고 있었다. 그러나 명희는 조금 칠칠맞았다. 열 살 3학년 초여름이었다.

선생님은 우리를 보고 눈을 감으라고 했다.

"새 연필을 교실 바닥에서 주웠거나 장난으로 가지고 간 사람은 손을 듭니다."

아무도 손을 들지 않았다.

"뒷산으로 갑니다."

뻐꾸기가 저렇듯 울어대니 뒷산에 가서 뻐꾸기에 대한 동시 짓기를 하는 줄 알았다. 선생님은 때때로 우리를 뒷산에 오르게 했다. 한 눈에 보이는 마을 풍경을 그리기도 하고, 면사무소나 우체국 같은 관공서를 찾아보기도 하고, 장날이면 장에 오는 갓 쓴 노인들이나 소달구지 같은 것을 세어보도록 했다. 그러나 그 날 선생님의 표정은 달랐다.

"솔잎을 하나씩 따가지고 옵니다."

우리에게 깜짝깜짝 놀랄만한 일들을 자주 보여 주는 선생님 이었지만 '솔잎'은 너무 뜻밖이었다. 도무지 무엇에 쓸 것인지 알 수가 없었다.

"여러분이 솔잎을 따오는 사이 선생님은 혹시 교실바닥에 명 희가 흘린 새 연필이 있는지 찾아보겠습니다."

그때까지도 나는 솔잎과 잃어버린 연필과의 연관성을 눈치 채 지 못했다. 굳이 연관성을 말하라면 명희의 울음을 그치지 않 게 하는 뻐꾸기를 쫓아버리려는 속셈이라 여기는 정도였다. 아 이들이 솔잎을 따러 한꺼번에 뒷산으로 몰려가면 뻐꾸기는 도망 칠 수도 있으니깐.

선생님은 그때까지도 훔친 사람이 잘못을 뉘우치길 바라고 있었던 것 같다. 그러나 그걸 알 리 없는 우리는 정말 뻐꾸기를 쫓아버리기라도 하듯 와— 소리를 지르며 학교 뒷산으로 몰려 갔다.

막상 산에 오르니 뻐꾸기 소리는 훨씬 멀리서 들려왔다. 나는 기왕이면 보다 싱싱한 솔잎을 따려고 다른 아이들보다 높이 올라갔다. 그리고 키가 작고 빛깔이 좋은 소나무를 찾았다. 그런데, 솔잎파리를 따려는 순간 썩은 나무둥치 같은 것이 보였다. 발로 툭 찼다.

"후다닥"

나는 비명을 질렀다. 놀란 것은 나만이 아니었다. 아이들 소리에 잔뜩 겁을 먹은 토끼가 소나무 밑에 웅크리고 있다가 놀라 도망친 것이다. "

"토끼다!"

내가 소리를 쳤다.

"뭐, 웬 도기?"

흩어져 솔잎을 따던 아이들이 놀란 닭처럼 모가지를 길게 빼고는 내 쪽을 봤다. 아이들은 오해했다. 내가 '연필을 훔친 것은 도기'라고 산에 와서 고자질하는 꼴이 되고 말았다. 그때 나는 처음으로 도기와 토끼가 비슷하다고 생각했다.

"토끼를 봤다 말이다, 토끼를……."

가까이 있던 아이들에게 그렇게 말했지만 녀석들은 더 멀뚱히 나를 볼 뿐이었다. 토끼는 순식간에 산 위 쪽으로 사라져 버렸으니 아이들의 오해를 풀길이 없었다. 다만 토끼가 사라진 산 꼭대기 뒤로 처량한 뻐꾸기 소리만 넘어오고 있었다.

우리는 모두 교실로 돌아왔다. 선생님이 말했다.

"자, 솔잎을 입에 물고 눈을 감습니다. 내가 주문을 외우면 연필을 가지고 간 사람의 솔잎이 입에서 자라나게 됩니다."

아, 그제야 솔잎이 선생님의 마술이라는 것을 알았다.

나는 행여 내 입 속의 솔잎이 길어질까 조심스럽게 물고 있었다. 모두가 숨을 죽이고 있었다. 선생님은 마치 마법사처럼 엄숙한 목소리로 주문을 외기 시작했다.

"솔잎이 길어집니다. 점점. 나쁜 마음을 가진 사람의 솔잎은 길어집니다. 나쁜 솔잎은 길어집니다. 점점, 점점……."

나쁜 아이가 되지 않으려고 아이들은 숨을 죽였다. 숨죽이는 교실에는 여전히 죽지 않는 뻐꾸기 소리가 창을 넘어왔다. 뻐꾹, 뻐꾹……. 그때 그 소리는 굿거리 무당의 징소리처럼 선생님의 주문을 고무시키고 있었다.

좋은 아이, 나쁜 아이……. 나는 순간 헷갈렸다. 아무리 좋게 생각해 봐도 나는 좋은 아이는 아닌 것 같았다. 솔잎 끝에 혀를 대 봤다. 싸-한 솔향기가 혀끝으로 느껴졌다. 쫄깃한 송기 맛도 묻어 있었다.

갑자기 배가 고팠다. 꼴 베러 갔다가 간혹 배가 고프면 송기를 벗겨 먹었다. 이상하게도 뻐꾸기철 산에 꼴을 베러 가면 허기가 겹쳐왔다. 그때마다 송기를 벗겨 먹었다. 그러나 그땐 송기 맛을 싶게 생각하고 있을 때가 아니었다.

"솔잎이 길어집니다. 점점, 점점……."

마법사의 소리는 뻐꾸기 소리처럼 높았다 낮았다 반복하며 우리 마음속을 들어왔다 나갔다 마음대로 휘젓고 다녔다. 그럴 때마다 내 솔잎도 조금씩 길어진 것 같아 무척 초조했다.

망설임 끝에 나는 이빨로 끝을 조금 잘라냈다. 학교 자두나무 자두를 친구들이 따먹었는데 내가 따먹었다며 뒤집어 쓴 일도 있고 해서 그 정도 잘라내는 것은 하느님도 인정해 줄 것 같았다. 그날따라 지금껏 나쁜 짓 한 것들이 연이어서 꼬리를 물었다. 어머니에게 몇 개나 틀린 산수시험을 100점 맞았다고 한 거짓말도 생각났다.

선생님의 주문은 계속되었다. 대나무를 잡고 춤을 추는 무당처럼 나쁜 짓을 한 우리들의 이실직고를 기다리고 있었다. 고추 끝이 지릿해지면서 오줌이 마려웠다. 얼마 전 오줌을 싼 일이 생각났다. 솔잎을 또 물었다.

"도기!"

선생님은 소리쳤다. 아, 나는 그 때 너무 긴장하고 있었으므로 선생님이 '토끼'라고 소리치는 줄 알고 비명을 지를 뻔했다. 뒷산에서 부딪친 토끼 때문에 뜨끔 놀란 것이다.

선생님은 분명 '김도기'라고 했지만 성씨보다 이름에 잔뜩 힘을 넣어 부르는 바람에 내게는 '토끼'로 들렸다. 하지만 나보다 더 놀란 것은 건너편에 앉아 있던 도기 본인이었다. 도기의 얼굴은 벌써 빨간 홍당무가 되어 있었다.

"입을 벌려! 자, 아⋯⋯"

선생님은 도기 입에서 솔잎을 끄집어냈다. 그러나 도기 입에서 나온 솔잎은 너무 뜻밖이었다. 한 뼘이나 길게 자랐을 것으로 생각했는데 오히려 나보다 더 이빨로 씹어 반토막진 짧은 솔잎이었다.

"고개 들어!"

선생님이 다시 소리치자 도기는 마지못해 고개를 들었다. 그때 선생님은 도기 속옷 가슴팍 부분에 감추어진 명희의 새 연필을 끄집어냈다. 내가 산에서 '토끼'라고 소리친 것 때문에 괜스레 미안한 생각이 들었다. 그 미안한 생각은 그해 겨울 첫눈이 올 때까지도 지속되었다.

💐 두 번째 이야기 💐

명희가 울었다. 뻐꾸기 소리가 없어도 명희의 울음은 오래도록 그치지 않았다. 명희는 물건을 잘 잃어버리기도 했지만 울기도 잘 했다. 이번에는 돈을 잃어버렸다. 선생님은 우리를 보고 눈을 감으라 했다.

"돈을 주었거나 장난으로 가지고 간 사람은 손을 듭니다."

역시 아무도 손을 들지 않았다. 선생님은 우리에게 또 뒷산으로 가라고 했다. 뻐꾸기 우는 초여름에서 첫눈 오는 초겨울, 불과 몇 달 사이였지만 나는 솔잎을 잘라내는 어리석은 짓을 하지 않을 만큼 많이 자랐다고 생각했다. 하지만 이번에는 솔잎이 아니었다. 싸리나무 회초리를 꺾어 오라고 했다.

"여러분이 회초리를 꺾어올 동안 선생님은 혹시나 교실 바닥에 흘러 있을지 모를 돈을 찾아보도록 하겠습니다."

그때는 이미 그것이 훔친 사람에게 뉘우칠 기회를 주는 선생님의 배려라는 것을 알고 있었다.

그해 처음 보는 눈발이 조금씩 흩뿌리는 쌀쌀한 날씨였다. 우리는 선생님이 또 어떤 마법으로 잃어버린 돈을 찾아낼지 궁금해 하며 뒷산으로 갔다.

나는 싸리나무 회초리를 꺾으면서 지난번처럼 토끼와 마주칠까봐 긴장했다. 아니 도기를 생각했다. 도기가 명희의 돈을 훔쳤다면 그 돈을 슬쩍 교실 바닥에 버리고 나오길 바랐다. 선생님은 다 알고 있을 텐데 말이다. 그것이 급작스럽게 토끼를 만나 놀라는 것보단 좋아 보였다. 하지만 그날은 토끼와 부딪치지 않았다. 아니 토끼를 보지 못했다.

"어른들이 그카던데……. 첫눈 오는 날 산에 올라가서 토끼를 잡지 못하면 피를 본다카더라."

옆에 있던 도기가 심각한 얼굴로 말했다. 나는 그의 표정을 보면서 그가 돈을 훔치지 않았다는 확신을 가졌다. 아니, 칠칠맞은 명희가 그냥 잃어버렸을지도 모른다.

우리는 싸리나무 회초리를 하나씩 들고 교실로 돌아왔다. 선생님은 우릴 보고 다시 눈을 감으라 했다. 그러나 선생님이 회초리로 그 어떤 마법을 부린다 해도 나는 벌써 어른이 된 것처럼 자라 있었으므로 지난번처럼 불안해하지는 않았다. 오히려 그

회초리에서 벌어질 마법이 궁금할 따름이었다.

"여러분, 들고 있는 회초리로 분명히 도둑놈의 종아리를 때립니다."

아, 선생님은 벌써 명희의 돈을 훔쳐간 사람을 알고 있구나. 모두 숨을 죽이며 선생님이 부르게 될 이름을 기다렸다.

"자, 회초리를 들고 운동장으로 나가서 둥그렇게 원형으로 서도록 합니다. 그동안 선생님은 명희와 다시 한 번 바닥에 흘렸을지도 모를 돈을 찾아보겠습니다."

선생님은 다시 한 번을 강조하며 돈을 훔친 누군가가 돈을 내놓기를 간절히 바라고 있었던 것 같았다.

우리는 운동장으로 나가서 둥그렇게 원을 만들었다. 잠시 뒤에 선생님은 회초리를 들고 조금은 굳은 얼굴로 우리에게 다가왔다. 나는 그때까지도 선생님이 소리칠 그 이름을 기다렸다.

"자, 모두 종아리를 걷습니다. 우리 가운데 분명 돈을 훔친 사람이 있습니다. 그러니 모두가 맞아야 합니다. 때리는 것도 모두가 때려야 합니다. 선생님도 명희도 같이……."

귀를 의심했다. 어떤 마법의 비밀을 기대했던 나는 무척 실망했다. 어떻게 마법사 입에서 저런 무지하고 무서운 말이 나올까. 족집게처럼 도둑을 집어낼 선생님이 도둑을 찾지 못해 우리 스스로로 하여금 매질을 시키다니 정말 상상도 못할 노릇이었다.

아이들 모두에게 아이들 숫자만큼 종아리를 맞는다는 것은 생각만 해도 끔찍했다. 아이들은 가늘게 비명을 질렀다. 마음씨 약한 여학생들은 훌쩍훌쩍 울기도 했다. 선생님은 반장인 나부터 매질을 시작하게 했다. 그리고 선생님이 먼저 맞겠다며 종아리를 걷었다.

마법을 벗고 내 앞에 선 선생님은 모든 것을 알고 있는 마법사가 아니라 흉악한 악마로 변해 있었다. 게다가 뒷집 수퇘지처럼 시커먼 털이 무성한 선생님의 종아리를 보는 순간 두려움이 확 덮쳐왔다. 선생님의 종아리를 때린다는 전혀 예기치 않은 상황 앞에서 나는 어쩔 줄 몰라 하고 있었다.

"뭘 해, 선생님을 이렇게 오래 벌세울 거야?"

선생님은 아주 부드럽게 그러면서 거부할 수 없는 명령을 내렸다. 나는 마지못해 때리는 시늉만 했다.

"씨이게! 씨게 치란 말이다!"

선생님은 화를 내며 억센 사투리로 소리를 질렀다. 하는 수 없이 제법 소리가 나도록 회초리를 내리쳤다. 어차피 그도 마법사가 아니라 우리와 같은 인간이라 여겼다.

"씨이게, 씨이게……."

선생님의 목소리는 다음 차례 아이들에게도 계속됐다. 그렇게 해서 우리는 원을 그린 모두에게 돌아가면서 종아리를 때리고 맞았다. 결국 범인은 끝끝내 나오지 않았다. 쌀쌀한 첫 눈발은 여전히 그 살벌했던 운동장에 흩날리고 있었다.

"니도 그렇게 생각하노?"

그날 집으로 오는 골목에서 도기는 자신의 종아리를 보여줬다. 아뿔싸, 결국 피를 본 것이었다. 여기저기 피멍이 든 도기의 종아리는 눈 뜨고는 볼 수 없을 정도로 흉측했다. 회초리 자국만 남아 있는 우리들과는 너무 달랐다.

"어떻게 울지 않고 참았노?"

도기는 대답 대신 눈물을 찔끔 흘렸다. 다른 아이들에게는 어쩔 수 없다는 듯 약하게 매질을 하다가도 도기에게만은 유독 진짜 매질을 한 것이다. 모두가 도기를 의심하고 있었다. 나는 도기의 눈물로 그의 결백을 믿을 수 있었다.

그러나 그의 예언과도 같았던 '토끼를 잡지 못하면 피를 본다'는 그 어떤 터부가 그의 종아리 피멍보다 더 무서웠다. 게다가 아이들의 오해이긴 하지만 연필 사건 때 산에서 그의 이름을 부른 것이 생각나 더 마음이 아팠다.

그때 나는 도기에게 그걸 사과하지 못했다. 하지만 그렇게 의심을 받아도 아무런 변명을 하지 않은 그의 태도가 무척 마음에 들었다.

세 번째 이야기

첫눈이 오고 있었다. 두 해 지난 열두 살 겨울이었다.

첫눈 오는 날이면 누구나 마음이 들뜨지만 우리네 어린 시절은 그것이 유별났다. 사실 그날만큼 마음이 설레던 첫눈은 없었던 같다.

낮게 깔린 잿빛 하늘에서 이윽고 눈이 쏟아져 내렸다. 함박눈이었다. 그리고는 하늘 가득히 노래처럼, 선물처럼 내려왔다. 눈은 삽시간에 마을의 모든 지붕과 굴뚝, 마당과 골목들을 하얗게 덮어버렸다. 아이들이 만세를 부르듯 골목으로 쏟아져 나왔다. 강아지들과 함께 강아지처럼 골목골목을 소리치며 쏘다니기 시작했다.

아이들은 마을 골목을 몇 바퀴씩 돌자 들뜬 마음이 더욱 고조되었고, 그 고조된 감정은 무슨 일이라도 저질러 버릴 것처럼 부풀어 있었다. 아니나 다를까, 몇몇 손에는 이미 커다란 몽둥이가 쥐어져 있었다.

"토끼 잡으러 가자!"

누구의 입에서 시작되었는지 모르지만 그 소리는 눈이 삽시간에 마을의 집들과 골목을 덮어 버리듯이 아이들에게 퍼져갔다.

곧 아이들은 자신들의 설렘을 과시하듯 자신의 키만 한 몽둥이를 하나씩 들고 마을 앞 공터로 모여들었다. 열 살도 안 되어 보이는 꼬마들로부터 벌써 코밑이 가무스름한 중학생까지 마을의 모든 아이들이 참여했다.

눈이 오면 토끼 잡기가 훨씬 쉽다는 것은 옛날부터 들어서 알고 있었다. 내리는 눈에 잔뜩 고무되어 금방이라도 토끼를 잡을 듯 하던 우리에게 이장네 큰 아들이 도기가 하던 말과 같은 말을 했다.

첫눈 오는 날 산에 올라 토끼를 잡지 못하고 내려오면 너희 중 누군가의 피를 보게 된다.

군대에서 제대한 지 얼마 되지 않은 이장네 큰 아들은 다소 걱정스런 표정을 짓고 있었지만 함박눈에 한층 들떠 있던 우리는 그가 괜히 우리에게 겁을 준다고 생각했다. 아니 그것이 설사 마을의 전통처럼 내려오는 터부와 같은 것이라 해도 그때 토끼를 잡을 수 있다는 확고한 믿음을 가지고 있었으므로 그의 말은 오히려 우리의 용기를 북돋우고 있었을 뿐이었다.

우리는 당시 유행하던 '맹호부대, 청룡부대' 노래를 부르면서 이장네 큰 아들보다 훨씬 용맹스런 파월장병이나 된 것 같은 기분으로 줄을 지어 뒷산을 올랐다.

뒷산은 우리들의 세계였다. 우리는 천하를 얻은 듯 마음껏 소리를 질렀다. 그 소리는 산 아래 마을까지 울려퍼졌다. 하지만 토끼는 그런 마음만 가지고 잡을 수 있는 짐승이 아니었다.

생각보다 영리해서 사람들의 눈에 쉽게 띄지 않았으며, 또한 매우 재빠르기 때문에 어른들도 여간해서는 잡기가 어려웠다. 아무리 동네 아이들의 숫자가 많다 해도 무턱대고 몰아붙이다간 놓치기 십상이다.

토끼몰이에는 몇 가지 원칙이 있었다. 눈이 오면 토끼는 잘 뛰지 못한다, 앞다리가 짧고 뒷다리가 길기 때문에 산 위에서 아래쪽으로 몰아야 한다, 지형지물을 잘 이용해야 한다, 몰이꾼들의 자리를 잘 배치해야 한다, 등등이었다.

우리는 마을의 뒷산이라면 얼핏 잘 보이지 않는 토끼 길은 물론이요, 웬만한 나무나 바위가 어디 있는 것조차 훤히 알고 있었다. 그것은 거의 매일이다시피 나무하러, 소 먹이러 다니던 곳이기 때문이었다. 그리고 토끼몰이의 안성맞춤인 골짜기도 알고 있었다. 그날도 역시 그린 토끼몰이의 원칙을 잘 지키며 토끼를 찾아다녔다.

마침내 우리가 가장 기대하는 골짜기의 높은 곳에서 아래로, 아래로 소리를 지르며 토끼를 몰아갔다. 어디선가 우리 소리에 놀란 토끼가 튀어나오길 바라며 꼭, 자기 손으로 잡겠다는 듯이 몽둥이를 치켜들었다. 그것은 상상만 해도 짜릿한 흥분이었다.

그러나 어찌된 영문인지 그날따라 토끼는 그림자도 보이지 않았다. 아니, 내리는 눈 탓으로 토끼의 발자국조차도 찾지 못했다. 게다가 눈 오는 날이라 날마저 쉬 저물고 있었다. 결국 허탕치고 말았다.

토끼를 잡지 못하고 산을 내려오면 너희 중 누군가의 피를 보게 된다.

모두가 그냥 산을 내려가기가 조금씩 망설여졌던 것은 그 말 때문만은 아니었다. 잔뜩 부풀었던 마음들을 그냥 산에 남겨 놓고 내려가기에는 뭔가 아쉬움이 남아 있었다. 그래서 우리는 산을 내려오다 말고 눈에 덮이는 조용한 마을을 말없이 바라보고 있었다.

사내대장부가 칼을 뽑았으면 무라도 잘라야지.

그래, 바로 그것이었다. 도기가 산 아래 외딴집을 가리켰다. 그 집은 늙은 부부 둘만 사는 집이었다. 우리는 그가 왜 그 집을 가리키는지 알고 있었다. 그 집에는 집토끼가 여러 마리 있었다.

그러나 고양이 꼬리에 누가 방울을 달 것인가. 아무리 노인네만 둘이 사는 집이라 해도 토끼를 몰래 훔치기란 대단한 용기가 필요했다. 모두가 망설이고 있을 때 도기가 혼자서 외딴집 쪽으로 뛰어갔다.

아, 아……. 아이들 중 한 둘의 소리 죽인 감탄사가 튀어 나왔다. 남의 것을 훔치는 짓에 대한 만류인지, 그의 용맹성에 대한 감탄인지 알 수 없었다.

아무튼 우리는 키 낮은 도토리나무 뒤에 숨어서 산 아래로 뛰어 내려가는 도기의 뒷모습에 성원을 보내고 있었다. 도기가 자랑스러웠다. 여학생의 연필을 훔쳐 솔잎이나 잘라내던 비겁한 모습이 아니었다. 눈은 도기의 뒤쪽에서 사나이다운 그를 고무하듯 내리고 있었다.

잠시 뒤 도기가 나타났다. 그는 우리의 성원을 저버리지 않았다. 그의 손에는 하얀 집토끼 한 마리가 쥐어져 있었다. 아직 새끼티를 벗지 못한 복슬복슬한 털과 별나게 빨간 눈을 가진 아주 귀여운 토끼였다. 토끼는 벌써 겁을 먹었는지 잔뜩 웅크리고 있었다.

산 아래는 연못 같은 작은 못이 있었다. 앞장 선 도기는 우리를 그 쪽으로 인도했다. 얼음이 얼어 하얀 눈이 덮이는 연못은 너무나 조용했고 평화로웠다. 하늘나라의 정원 같았다. 너무 아름다운 연못 풍경에 아이들이 소리를 질렀다.

아, 저기에…….

나는 그때 하얀 백지 같은 그 얼음판 위에 그림을 그리고 싶었다. 아니, 꿈이 있는 아이라면 누구라도 거기에 최소한 자신의 발자국이라도 남기고 싶어 했을 것이다. 그러나 그 풍경은 도기가 잔뜩 겁을 먹은 그 집토끼를 던져 넣으면서 한순간 사냥터로 바뀌고 말았다.

얼음판 위에 던져진 토끼는 얼음에 이리저리 미끄러지면서 쉬 도망치지 못했다. 아이들이 연못가에서 몽둥이로 얼음을 치면서 소리를 지르자 토끼는 이리 뛰고 저리 미끄러지면서 어쩔 줄 몰라 했다.

죽여라!

누군가가 소리쳤다. 아이들이 한순간 얼음판 위로 달려들었다. 안절부절 잘 뛰지 못하던 토끼는 우리가 막상 몽둥이를 들고 다가가자 이리저리 잘도 피했다.

아이들 역시도 미끄러운 얼음판 위에서 생각처럼 움직여지지 못해 이리저리 잘도 미끄러지고 넘어지고 있었다. 토끼와 아이들, 그리고 몽둥이가 뒤섞였다. 멀리서 보면 토끼와 아이들이 서로 뒹굴며 놀고 있는 아주 평화로운 풍경이었을 것이다.

그곳이 끔직한 살육의 현장이 될 줄은 아무도 모르고 있었다. 연약한 토끼 한 마리가 스물 남짓한 아이들의 몽둥이를 피한다는 것은 아무리 미끄러운 얼음판 위라 하여도 불가능했다.

눈 내리는 작은 연못 위에서 얼마나 그렇게 뒹굴었을까. 마침내 토끼는 지쳤는지 더 이상 움직이지 못하고 가만히 몸을 웅크리고 있었다.

우리들은 곧 토끼 주위를 에워쌌다. 토끼는 마치 형을 기다리는 사형수처럼 모든 것을 포기한 채 우리의 처분만을 조용히 기다리고 있었다. 아니 모든 것이 하얀 얼음판 위에 토끼의 두 눈만 빨갛게 빛나고 있었다. 그 모습이 너무 불쌍했다. 그런 토끼에게 아무도 선뜻 몽둥이를 내밀지 못했다.

눈은 내리고 있었고, 날은 점점 어두워지고 있었다.

역시 도기뿐이잖아.

아이들은 도기가 당연히 앞장을 설 줄 알았다. 아이들의 간절한 눈빛 때문에 앞으로 나선 도기는 몽둥이를 쉬 내려치지 못했다.

에이…….

원망의 소리가 터져 나왔다. 도기가 머리를 푹 숙인 채 뒤로 물러나고 말았다. 그 때 오히려 평소 겁 많고 잘 울던 기덕이의 몽둥이가 토끼의 머리통을 향해 날아갔다.

찌-익. 토끼의 비명이 갈라지는 얼음소리처럼 연못을 가로질렀다. 뒤따라 비릿한 피 냄새가 내 코를 파고들었다. 소름이 확 끼쳐왔다. 아, 나는 그때 처음으로 공포를 느꼈다. 토끼는 몸을 비틀며 바르르 떨었다.

그러나 그때까지 한 걸음 물러서 있던 아이들의 몽둥이가 여기저기서 달려들기 시작했다. 아이들은 그날 첫눈이 올 때부터 가졌던 들뜬 마음의 보상을 받으려는 듯, 아니 어차피 보게 될 피의 저주를 벗어나려 듯 미친 듯이 몽둥이를 휘둘렀다.

찌―익, 찌―익……

그 소름 돋는 소리가 작은 연못에서 소용돌이쳤다.

피범벅이 된 토끼의 모습은 참담했다. 하늘나라 정원처럼 그 평화롭던 연못은 어느 순간 피로 얼룩이진 참혹한 지옥으로 변해 버렸다. 그것은 정말 끔찍한 피의 축제였다. 저 순둥이 같은 아이들 속에 어떻게 저렇듯 잔인함이 있었을까.

네 번째 이야기

열세 살 우리 나이처럼 하롱하롱 아지랑이 피어나는 이른 봄날. 온 산에는 진달래가, 하늘에는 종달새 소리가 가득한 화창한 일요일이었다. 도기와 나는 뒷산에 나무를 하러 갔다. 사실 산에 나무하러 간 것이 아니라, 나무를 핑계 삼아 그냥 봄맞이 간 것이었다.

우리는 아지랑이 속에서 봄 냄새에 젖어 쉬엄쉬엄 잡목들로 땔감 한 단을 만들었다. 그래도 돌아오는 길, 지게는 제법 묵직했다. 마침 봄볕이 좋은 묏자리에서 지게를 벗고 쉬었다. 청아한 산새 소리가 들려왔다.

산 가득 진달래 천지였다. 묏자리 흙냄새 잔디 냄새가 코 속으로 넘쳤다. 봄날의 한 가운데 있다는 생각이 들었다. 무엇인가가 우리의 춘정을 자극하고 있었다. 가슴이 두근거렸다.

"야, 바지 내려. 봄볕에 이거 말리면 몸에 좋다더라."

도기는 바지를 내렸다. 아, 그의 사타구니에는 벌써 거무스름한 털이 숭숭 나 있었다. 도기가 벗으니 나도 하는 수 없이 바지를 내렸지만 밋밋한 내 아랫도리가 부끄러웠다. 아니 벌써 어른이 된 것 같은 도기가 부러웠다.

"자아식……."

도기는 내 것을 흘깃 보더니 아직 밍숭한 내 아랫도리에 실망한 듯 봄에 취한 듯 잔디밭에 그냥 드러누워 버렸다. 나도 그 옆에 나란히 누웠다. 푸른 하늘이다. 청아한 새소리가 그 하늘 가득했다. 향긋한 흙냄새가 온 몸에 덮쳐왔다.

봄에 흠뻑 취한 내 몸은 아지랑이를 타고 조금씩 떠올랐다. 아무리 몸을 땅에 붙이려 해도 땅에 대이질 않았다. 한 뼘 정도는 잔디 위에 그냥 떠 있었다. 그 느낌은 황홀했다. 그것이 알 듯도 한 어른의 세계인지 아랫도리가 조금씩 고개를 쳐들었다.

"야, 우리 서로 만져주기 할까?"

문득 도기가 그런 제안을 했다.

"에이―"

나는 녀석의 뜻밖 제안에 당황했다.

"아직 그거 모르는구나. 잘 보라고……."

그러면서 도기는 자신의 손으로 물건을 움켜쥐더니 마구 흔들기 시작했다. 어쭈? 곧이어 녀석의 얼굴빛이 붉어지더니 나중에 몸까지 부들부들 떨었다. 으으 비명을 지르더니 아, 허연 쌀 뜨물 같은 물이 쭈욱, 쭈욱 뿜어져 나왔다.

나는 본능적으로 그것이 무언지 알았다. 하지만 녀석에게 녀석의 그 노고에 아니 녀석의 어른 됨을 축하하는 의미에서 그를 고무시켜야 했다. 그러려면 나는 더 어린애다워야 했다.

"야, 신기하다. 그게 뭐꼬?"

"자씩, 정자 아이가 정자."

"정자?"

"인마, 아 만드는 거 모리나……."

도기는 어깨를 으쓱 했다.

그리고 우리는 허기와 피곤에 잠들어버렸다. 우리가 잠든 사이에서도 진달래 천지 아래 아지랑이는 우리 위에서 아른거렸고 청아한 산새들 소리도 자장가 삼아 들려왔다.

내 몸은 다시금 아지랑이에 밀려 조금씩 잔디에서 떠올랐다. 그리고 잠이 든 모양이었다.

얼마나 잤을까. 일어나니 벌써 해가 서산 쪽에 있었다.

다섯 번째 이야기

도기가 발작을 일으켰다. 그해 여름 까치 장이 서는 날이었다. 까치 장은 가뭄이 극심하면 장터를 방천 뚝 너머 강변으로 옮겨 열리는 오일장으로 일종의 기우제였다.

개울가 자갈밭은 단오절에도 그네를 타는 등 사람들이 모여들어 흥청대던 곳이었다. 까치 장은 단오절과는 비교할 수 없을 정도로 많은 사람들이 붐볐다.

지금까지 볼 수 없었던 새로운 장 풍경을 우리는 신기해하며 이리저리 다소 들뜬 마음으로 기웃거렸다. 인근 모든 동네 사람들의 삶의 형식이 그날 하루 뒤집어지는 날이었다.

어린 우리야 신나는 일이었지만 혹시나 범했을지 모를 자연에 대한 잘못을 반성하며, 경건한 마음을 모아 비를 기원하는 집단 제의식이었다.

하필이면 도기는 그날 발작을 일으켰다. 나는 도기의 발작이 비를 기원하는 제의식이 아니라 우리의 또 다른 성인식이라고 생각했다. 그의 입에서 뿜어져 나오는 허연 액체 때문이었다.

도기가 까치 장을 구경하다가 자갈밭에 갑자기 쓰러졌다. 나는 그를 일으켜 세우려다 깜짝 놀라 뒤로 물러서고 말았다. 눈동자가 허옇게 뒤집혀지고 온 몸은 부들부들 떨고 있었다. 마치 연탄불 위에 올려놓은 오징어처럼 온 몸이 뒤틀렸고, 입에서는 허연 거품이 뿜어져 나왔다. 사람들이 몰려들었다.

'간질병이네!'

주위 사람들이 말했다. 그것은 우리에게 뭔가를 보여 주려는 것이 아니라 자신의 천형이었다. 아니 그것은 그때 연못 위에서 바르르 떨던 토끼의 모습이었다. 그때처럼 소름이 끼쳐왔다.

도기의 발작은 오래가지 않았다. 그는 언제 그랬냐는 듯이 몸을 털고 일어났다. 주위를 둘러보던 도기는 연필을 훔쳤을 때보다 얼굴이 더 홍당무가 되었다. 그리고는 겸연쩍은 웃음을 짓더니 입을 쓱 닦고 첨벙첨벙 개울을 건너 방천 둑을 넘어가 버렸다.

도기는 자신의 병을 알고 있었던 것 같았다. 도기가 왜 아이들의 욕을 얻어먹으면서까지 토끼에게 몽둥이를 치지 않는 이유를 알 것 같았다.

도기가 죽었다. 이듬해 열네 살 봄. 나는 대구에 있는 중학교로 진학했다. 도기는 집안이 가난해 시골에 있는 중학교에도 진학하지 못했다. 두어 달 뒤 도기가 죽었다는 소식을 들었다. 못자리에 코를 박고 죽었다 했다. 논두렁에서 꼴을 베다가 발작을 일으킨 모양이었다.

그가 죽기 한 달 전에 나는 뜻밖에도 도기의 편지를 받았다. 그러니까 내가 대구로 와서 중학생이 된 지 한 달 만에 받은 편지였다.

그 편지는 내가 태어나서 처음으로 받아본 편지였다. 철자법이 엉망인데다가 글씨마저 비뚤비뚤해서 앞뒤 문맥을 맞춰보지 않고서는 아니, 상대방의 심성을 잘 알지 않고는 해독이 불가능한 것이었다.

편지에는 나에 대한 부러움과 친구로서의 자랑스러움이 배여 있었다. 아무튼 공부를 못하는 자신의 몫까지 다해서 성공해 주기를 바란다는 흙냄새 짙은 우정이 행간을 가득 채우고 있었다. 나는 그 편지를 웃으면서 읽다가 끝내 눈물을 훔치고 말았다.

도기가 죽었다는 소식을 듣던 날 공교롭게도 나는 또 다른 토끼몰이 현장에 있었다. 전교생이 인근 야산으로 송충이를 잡으러 나선 길이었다. 우리는 송충이 잡이 집게와 누런 종이봉투 하나씩을 들고 시외 야산으로 갔다. 나는 비교적 높은 곳에서 송충이를 잡고 있었는데 갑자기 아래 골짜기 부근이 소란스러워졌다.

토끼 한 마리가 그 많은 아이들 앞에 노출된 것이다. 징그러운 송충이를 잡기 싫어하던 아이들에게는 더없이 좋은 놀이감이 생긴 거다. 그 순간 거의 모든 아이들이 송충이를 잡던 통이랑 집게를 내던져버리고 토끼몰이에 나섰다. 아이들은 신이 나서 환호성을 지르며 이리저리 뛰어다녔다. 토끼 한 마리에 온 산이 난장판이 되었다.

마치 포탄이 날라드는 전장처럼 토끼 한 마리의 움직임에 따라 아이들이 이리저리 흩어지고 몰렸다. 그것 역시 하나의 거대한 축제장 같았다.

멀리서 구경하던 나는 문득 가슴이 아릿하게 저려오는 것을 느꼈다. 지난겨울 얼음판 위에서 우리가 때려죽인 토끼 생각이 났고 동시에 도기가 생각났다.

나도 그 때까지 잡았던 송충이와 송충이 잡이 집게를 던져 버리고 토끼 쪽으로 달려갔다. 무엇을 어떻게 하겠다는 생각도 없이 그냥 토끼가 있는 쪽으로 무작정 뛰어 내려갔다.

뛰어가면서 울었다. 한순간 슬픔이 밀물처럼 밀려왔다. 도기는 손버릇이 좀 나쁘긴 해도 내게는 참 좋은 친구였다. 그런 도기가 너무 불쌍했다. 뾰족한 솔가지에 긁히고 솔가지에 붙어 있던 송충이가 부딪쳐 쏘아도 개의치 않고 달렸다.

그러나 내가 달려갔을 땐 이미 늦었다. 토끼의 모습은 처참했다. 토끼를 잡아 공을 세우려는 아이들이 서로 가지려 다툼을 벌이는 바람에 다리는 다리대로 몸통은 몸통대로 찢겨져 차마 눈뜨고 볼 수 없었다.

꽤 오래 동안 나는 눈 내리는 장바닥에서 거품을 물고 발작을 일으키던 도기와 처참한 토끼 모습들이 자꾸만 겹쳐져 악몽에 시달려야 했다.

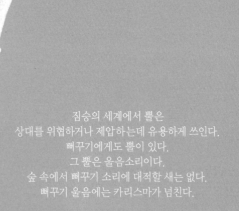

짐승의 세계에서 뿔은
상대를 위협하거나 제압하는데 유용하게 쓰인다.
뻐꾸기에게도 뿔이 있다.
그 뿔은 울음소리이다.
숲 속에서 뻐꾸기 소리에 대적할 새는 없다.
뻐꾸기 울음에는 카리스마가 넘친다.

뻐꾸기 뿔

짐승의 세계에서 뿔은 상대를 위협하거나 제압하는데 유용하게 쓰인다. 뻐꾸기에게도 뿔이 있다.

그 뿔은 울음소리이다.

숲 속에서 뻐꾸기 소리에 대적할 새는 없다. 뻐꾸기 울음에는 카리스마가 넘친다. 높은 나무에 앉아서 한 번씩 목청을 가다듬으면 숲 속의 모든 새들은 저절로 기가 죽는다. 무엇보다 그 소리에는 힘이 있고, 감동이 있다.

그래서 뻐꾸기는 군이 둥지를 틀 필요가 없다.

자신이 새끼를 키우는 수고를 하지도 않는다. 적당한 둥지와 대상을 찾아 알을 낳기만 하면 되는 것이다. 그것이 곧 숲의 질서요, 자연의 법칙이다.

두 번째 이야기

내게도 뻐꾸기 울음과 같은 뿔이 있다는 사실을 요즘에 와서야 알게 되었다.

수컷의 세상은 언제나 질서를 요구한다. 그 질서가 자리 잡는 과정에서 내게는 이해할 수 없는 일들이 많이 일어났다. 질서를 의식하기 시작한 것은 초등학교 시절이 시작될 무렵이었다.

그 시절 내내 나는 이른바 맞짱 한 번 붙지 않고 또래들의 최고 주먹일 수 있었다. 달랑 두 반뿐인 작은 시골 학교인 탓인지 내게 대적하는 다른 주먹은 없었다.

위로 형들이 여럿이고 장터 골목대장 출신인데다 무엇보다 나는 공부도 잘해 인기가 있었다. 설사 나보다 주먹이 큰 아이들이 있었다 해도 그런 내 이미지를 뒤엎을 만한 뭔가가 없었기 때문이었다.

입학을 하면 남자 아이들에게 가장 중요한 것은 주먹을 정리하는 것이다. 그런 서열 정하기는 굳이 하나하나 맞짱을 뜨지 않더라도 대체로 비교 우위에 의해 자연스럽게 결정된다. 강아지도 제 집 앞에선 으르렁댄다는 말처럼 나는 그 텃세 센 장터 골목대장 출신이었다.

당시 시골에서는 몇 년 늦게 입학하는 덩치 큰 아이들이 더러 있었다. 그런 아이들은 대부분 시골에서도 소외 지역인 재 너머 산골 출신이기 때문에 장터 아이들에게 기가 죽게 마련이었다. 그 가운데 덩치가 큰 한두 녀석이 투수가 던지는 견제구처럼 내게 주먹을 내밀기도 했다.

"니 정말 함 붙어 볼래?"

나는 속으로 움찔했지만 눈을 부릅뜨고 주먹을 쥐었다. 나보다 몇 살 위였으니 덩치나 힘으로 충분히 나를 제압할 수 있었겠지만 녀석들은 이상하게도 너무 쉽게 얼굴을 풀고 꼬리를 내려버렸다. 녀석들은 어차피 소문을 확인하는데 지나지 않았기에 제 집 앞에서 기를 쓰는 강아지에게 대들 수는 없는 것이었다.

나는 정말 주먹 한 방 쓰지 않고 같은 학년의 주먹이 된 것이다. 싸움을 하지도 않았고, 아니 싸움하는 것을 근본적으로 싫어했다. 무엇보다 나는 1학년부터 줄곧 반장을 하며 공부 잘하는 모범생이었기에 싸움을 말리거나 중재하는 입장이었다.

주먹이 주먹을 쓰지 않았고, 아니 쓸 필요가 없었으므로 우리는 비교적 평화로웠다. 즉, 질서가 있었다. 그러니까 진정한 주먹이었다고 할 수 있다.

그런데 거기에도 위기는 있었다. 5학년 땐가 새로운 주먹이 나타났다. 뻐꾸기가 몹시 울던 날, 서울내기 하나가 전학 왔다. 하필이면 서울내기가 출현하는 날과 뻐꾸기 울음이 연상되는 것은 내 기억의 조작일 수도 있지만 내 기억 속에서 둘의 관계는 언제나 동시에 떠오르는 그림이었다.

지금 내가 기억할 수 있는 그날은 분명 뻐꾸기 천지였다. 그 소리는 지서 망대에서 울리는 소방 사이렌처럼 요란했다. 그것도 한 마리가 아니고 온 산의 뻐꾸기가 다 모여서 노래자랑이라도 하듯이 요란스럽게 울어댔다.

서울내기는 달랑 두 반뿐인 우리 학교 내 옆 반에 전학 와서 갑자기 울어대는 뻐꾸기처럼 주먹을 자처하고 있었다. 녀석의 하얀 얼굴과 그 얼굴보다 더 하얀 칼라가 유난히 눈에 띄는 교복처럼 생긴 세련된 옷차림, 그리고 말 끝이 팍팍 올라가는 서울 말씨는 시골 촌놈들이 절로 주눅이 들기에 충분했다.

서울내기를 싸고도는 것은 기철이었다. 사실 서울내기 하면 기철이 얼굴이 먼저 떠올랐다. 장터 쌀가게 집 막내인 기철이는 사실상 주먹인 장터 깡패였다. 재를 넘어 학교에 오는 아이들의 돈을 빼앗기도 하면서 힘없는 아이들을 많이 괴롭혔다. 그동안 내 기세에 눌려 제대로 기를 펴지 못하고 있다가 때마침 기회를 잡은 것이었다.

기철이가 서울내기를 등에 업고 설치기 시작했다. 눈치를 살피던 아이들이 하나 둘 그쪽으로 몰려갔고 기철이만 살판났다. 나는 아이들로부터 따돌림을 당하기 시작했고 마음고생이 컸다. 그때마다 그놈의 처량한 뻐꾸기는 왜 그렇게 울어대는지.

그런데 조금씩 녀석에 대한 좋지 못한 소문이 퍼지기 시작했다. 일단 어머니가 장터에서 술을 판다는 것, 공부는 지독히 못한다는 것, 더 결정적인 것은 주먹은커녕 계집애보다 더한 울보라는 것이다.

그 소문이 점차 확산되자 아이들은 내게 소문의 진위를 가려 달라는 무언의 압력을 넣기 시작했다. 내 주먹은 주먹질해서 얻은 타이틀이 아니었다. 그냥 1학년 때부터 지내오면서 그네들이 만들어 준 일인자일 따름이었다. 그래서 그때까지 한 번도 또래들에게 주먹을 휘두른 적이 없었다. 도전자도 없었다.

그런 내 사정을 아이들은 아는지 모르는지 그들의 기대감이 점차 나를 압박해 왔다. 나는 정말 싸움이 싫었다. 그리고 솔직히 서울내기에 대해 약간의 두려움도 있었다. 그러던 어느 날 서울내기는 아이들에게 떠밀려 내 앞에 억지로 나타났다. 그 뒤에는 의기양양한 기철이가 있었다.

기철이는 자꾸 서울내기의 옆구리를 쿡쿡 찔러 댔다. 한번 대들어 보라는 것이었다. 그런데 녀석은 내가 뭐라 말하기도 전에 내 눈치를 슬쩍 보더니 그만 울음을 터트리고 말았다. 물론 나는 속으로 안도의 한숨을 내쉬었지만 서울내기와의 주먹다짐은 그렇게 싱겁게 끝이 나고 말았다. 따지고 보면 기철이가 너무 성급하게 견제구를 던진 것이었다.

나중에 안 사실이지만 서울내기는 서울 학교에서도 적응을 못해 시골 학교로 전학 온 것이었다. 녀석은 시골 학교에 오면서 필요 이상으로 허풍을 떨었고, 그걸 이용하려 한 기철이의 얄팍한 수작과 맞물려 억지 소문이 만들어진 것이다.

그런데 이해할 수 없는 것은 어떻게 해서 그 기세등등하던 서울내기가 내게 주먹 한방 내밀지 못하고 울음을 터트렸을까. 촌놈이라 깔보고 허세를 조금 부려 봤는데 기철이가 필요 이상으로 일을 크게 만들자 부담이 되었던 모양이다. 그렇다 해도 주먹 한번 내밀지 않고 바로 울음을 터트린 것은 이해할 수 없었다.

그 해답은 뒷날 서울내기의 고백에 있었다. 녀석은 내 눈빛을 보는 순간 너무 무서웠다고 말했다. 저학년 시절 멋모르고 내게 대들었다가 싱겁게 꼬리를 내린 덩치들도 따지고 보면 내 눈빛 때문이었는지 모른다.

그러니까 내게도 뽈이 있었던 거다. 하지만 그때 나는 그의 말을 제대로 이해하지 못했다.

그 뒤 나는 ㄷ시에 있는 중학교로 진학했다. 갑자기 큰 도시 학교로 진학한 나는 도시 아이들에게 스스로 주눅이 들어 있었다. 아무도 내 주먹을 인정해 주지 않았고, 스스로 주먹을 내세울 처지도 못 되었고, 애초에 나는 그런 위인도 아니었다. 그러니 그냥 공부에만 열중할 수밖에 없었다.

2학년이 되었다. 우리 반에 주먹이 있었다. 별명이 '닛폰도'였는데 본명은 너무 오래되어서 가물거린다. 키는 컸지만 마른 체격에 다소 병약해 보이던 그는 아버지가 일본 야쿠자와 관련이 있었다 하고, 삼촌은 유명한 조직폭력단 오성파 두목이라 하며, 삼촌의 후광으로 시내에서 다른 주먹들과 어울린다는 소문이 있었다.

그러나 그 소문을 확인한 사람은 아무도 없었다. 그의 주먹을 시험하려는 아이들도 없었다. 그저 그 소문은 1학년에서 2학년으로 올라오면서 자연스레 따라온 것이었고, 그것이 우리 반에서는 별 탈 없이 정착된 질서처럼 굳어져 있었을 뿐이었다.

왜냐하면 그는 최소한 반에서는 주먹을 쓰지 않았고, 쓸 것 같지도 않았고, 설사 쓴다 해도 반 아이들을 위해 쓸 것 같았기 때문이다. 그 주먹을 반원들에게 휘두르지 않는다면 오히려 반의 안전과 다른 반과의 크고 작은 다툼에서도 든든한 울타리가 될 수 있었기에 우리는 오로지 닛폰도가 소문보다 더 잘 쓰는 주먹이기를 바라고 있었을 뿐이다.

사실 그 주먹을 생각하노라면 내게는 찝찝한 뒷맛이 다소 남아 있다. 그것은 나도 그가 반의 주먹이 되는데 일정 부분 부역한 사실을 부인할 수 없기 때문이다. 아니, 나는 반장의 위치에서 그 주먹을 부추기고 거기에 무임승차한 셈이었다.

이를테면 나는 반 아이들에게 싫은 짓을 하지 않고서도 아이들을 통제할 수 있었다. 그렇다고 내가 영악해서 주먹을 일부러 이용하려고 한 것은 아니었다. 그가 반의 주먹이고자 하는 과정에서 나는 그저 편승한 것뿐이었다.

그 당시 중학교 반장들은 군대 내무반장처럼 반 아이들에게 기합도 주면서 반원을 통솔하는 풍토였다. 그래서 반장을 선출할 때도 그런 점이 고려되었다.

하지만 내가 반상이 된 것은 내 스스로 생각해도 조금은 뜻밖이었다. 나는 성적은 상위권이었지만 반 아이들을 휘어잡을 수 있는 것이 아무 것도 없었다. 시골 출신에다 덩치도 작았고, 힘도 별로였다.

선생님은 내가 반장으로 선출되는 순간 다소 난감한 표정을 지었다. 반장에게 카리스마가 없으면 반 내 크고 작은 다툼들이 일어날 것이고, 그것에 선생님이 개입하는 데는 한계가 있었기 때문이었다.

아무튼 덩치들에게 휘둘림을 많이 당했던 힘없는 작은 아이들이나 여학생 쪽의 지지를 받았다 해도 내가 반장이 된 것은 너무 뜻밖이었다. 그러나 결과적으로 나는 무사히 반장 역할을 할 수 있었다.

반장이 된 지 한 달쯤 되었을까. 하교 길에 닛폰도가 나를 불렀다. 자신의 집에 같이 가자는 것이었다. 안 그래도 그와 관련된 소문이 궁금해서 확인해 보고 싶던 터였다.

그의 집은 낡고 아담한 일본식 집이였다. 그리고 오래된 책들이라든지 일찍 돌아가신 아버지의 유품들이 많았다. 집안 분위기는 조금 묘했다. 곧 쓰러질 것 같은 낡은 집이었지만 그런 책이나 잘 가꾸어진 화초에서 풍겨 나오는 그윽한 분위기가 서로 충돌하고 있었기 때문이었다.

그건 주먹이라고는 하지만 어딘지 모르게 허술함이 보이는 그의 용모와 무척 닮아 있다는 생각이 들었다.

마침 그의 집에는 아무도 없었는데 그는 안방에 있던 칼을 보여줬다. 그 칼은 화분 진열대 위에 자리 잡고 있었다. 박물관 같은 데서 보던, 옛날 장군들이 쓰던 칼이었다. 첫눈에도 아주 귀중한 보물 같았다.

"어느 장군이 쓰던 기고?"

"닛폰도."

그는 짧게 말했지만 '짜식, 이것도 몰라' 하며 자신의 별명을 새삼 들추듯 힘이 잔뜩 들어가 있었다. 야쿠자와 관련된 소문들이 떠올랐다.

그는 예의 그 칼을 칼집에서 뽑아 두 손으로 쳐들었다. 칼은 마침 창으로 넘어오는 저녁 햇살에 반사되어 눈이 부셨다. 사무라이처럼 두 손으로 자신의 머리 정면에 칼을 쳐들고 내 쪽을 겨누었다.

'난 이런 놈이야. 알았지?' 내가 그런 놈이란 것을 인정해 주지 않으면 바로 내리칠 자세였다. 순간 그 칼이 내 목을 자를 수도 있다는 생각에 몸이 바싹 오그라들었다.

슬쩍 몸을 피해 딴청을 부릴 수도 있었지만 나는 눈을 부릅뜨고 그 칼을 정면으로 응시했다. 물론 그가 그 칼로 나를 내리칠리 만무했지만 겁쟁이는 되기가 싫었다. 아니, 그것은 녀석과의 기 싸움이었는지도 모른다. 왜냐하면 닛폰도를 과시하려는 행위라 보기에는 너무 위협적이었기 때문이었다.

"날이 그렇게 무뎌서 사람 모가지를 벨 수 있을랑가?"

나는 녀석에게 아무렇지도 않다는 듯 그렇게 응수했다. 그는 내 말에 약간 움찔하면서 표정을 풀었다.

"무시 똥가리(무 몸통)나 자르는 부엌칼과는 다르지. 한순간 힘을 모아 내리치면 사람 모가지가 아니라 말 모가지도 뎅그렁 한다고!"

이렇게, 이렇게 말이야…. 녀석은 다시 나를 칠 듯이 인상을 찡그리며 말했다. 그래도 나는 녀석이 칼을 내려놓을 때까지 꼼짝하지 않고 바로 보고 있었다.

그날 내가 그의 집에서 확인한 것은 닛폰도 뿐이었다. 그의 삼촌이 정말 오성파 두목인지, 그의 아버지가 일본 야쿠자와 관련이 있었는지, 그가 시내 주먹들과 어울리는지 아무 것도 물어볼 수 없었고, 그도 그런 소문에 대해선 아무런 말이 없었다.

어떻게 보면 그의 집은 조폭이나 야쿠자와 관련이 있다기보다는 퇴락한 선비네 집 같았다. 그의 아버지는 일본 군관 출신이 아닐까도 생각해 봤다. 하지만 나는 그를 믿었다. 아니 믿고 싶었는지도 모른다.

'이름 좋아 불로초….'

그의 집을 나오면서 닛폰도에 대해 그런 말이 몇 차례 떠올랐지만 금방 잊어버렸다.

물론 그 뒤 녀석이 반에서 나를 이용했을 것이라는 추측은 그리 어렵지 않았다. 나 역시 가시방석 같은 반장 자리에서 주먹에 기댄 측면이 없지 않았으니 말이다.

그래서 그는 우리 반의 주먹이 되었다. 그 주먹 덕분이었는지 큰 어려움 없이 나는 반장 일을 할 수 있었고, 우리 반은 비교적 질서가 있었으며 평화로웠다.

하지만 닛폰도는 그리 오래가지 못했다. 2학기 시작 무렵 새로운 주먹이 나타난 것이다. 새로운 주먹, 곧 유도 특기자로 어느 시골에서 전학 온 '떡사이'가 그 주인공이었다.

그가 맨 처음 담임선생님에 의해 우리 앞에 소개되었을 때 아이들은 모두 배꼽을 팍팍 긁지 않을 수 없었다.

본명이 '공덕산'이라 경상도 발음으로 '덕산'을 '떡사이'라 부르기도 하는데, 성씨와 연결하면 '콩떡사이'가 되어 버리는 거다. 그런데 담임선생님의 컬컬한 목소리가 보태지니 한 마디로 자갈치 시장판 '콩떡 사이소' 그대로였다.

"잘 부탁하게씨임더…."

겸연쩍은 웃음과 함께 흘러나오는 거친 사투리와 '콩떡사이'라는 별난 이름에 어울리는 그 용모, 그 촌스러움의 극치가 우리로 하여금 웃음을 참을 수 없도록 했다. 하지만 아이들이 곧 박수를 쳤으므로 그는 처음부터 닥친 낭패를 모면할 수 있었다.

아무리 이름과 용모가 모두에게 배꼽을 까발리는 웃음을 몰고 왔다지만 그래도 명문 중학의 긍지가 대단했던 우리는 방금 도시에 온 시골 소년에게 너무한다는 동정심 정도는 가지고 있었다. 아무튼 우리는 그 우직한 시골 소년을 그의 말대로 잘 봐 주겠노라며 손뼉에 담아 격려까지 했었다.

그로부터 떡사이는 반에서 이름 없는 여느 아이들처럼 별로 관심거리가 되지 못했다. 교실 맨 뒤 그의 자리는 비어 있는 때가 더 많았고, 수업 시간에도 슬그머니 들어와 낙서만 하다가 언제 나가 버렸는지 모를 지경이었다.

때때로 그를 잘 모르는 선생님들이 출석부 맨 끝에 적혀 있는 그의 이름을 부를 때도 아이들은 더 이상 웃지 않았다.

그런데 변화가 일어나기 시작했다. 떡사이가 무엇 때문인지 유도를 그만 두면서부터였다. 꼭 굵직한 바위를 연상케 하는 그가 언제나 교실 뒤쪽에 버티고 있게 되었다.

어느 틈엔가 분위기 변화에 약삭빠른 아이들이 떡사이 근처에 어른거리기 시작했다. 몇몇은 이미 그의 똘마니가 되어 있었다. 그들은 아침에 떡사이가 등교하면 재빨리 달려가 가방을 받아 들기도 하고, 모자를 벗어 먼지를 털어주기도 했다. 심지어는 아니꼬워하는 아이들에게 보란 듯이 운동장을 가로질러 교실에 들어와서는 '형님 나가신다. 길 비켜라'는 식으로 으스댔다.

나는 별나게 파벌이 많던 우리 반에 새로운 파벌이 하나 더 늘어났다는 정도로 여겼을 뿐 다른 염려는 하지 않았다.

하지만 그들의 꼬락서니가 날이 갈수록 도를 넘기 시작했다. 그들이 단순한 꼴불견에서 점차 반의 질서를 흔드는 두려움의 대상으로 바뀌어 가고 있었던 것이다. 아이들은 그즈음 닛폰도가 반의 주먹으로서 뭔가를 보여주길 기대하는 눈치였다.

그러나 떡사이가 한 번씩 거동하면 아예 너댓 명이 따라다닐 때까지도 닛폰도의 반응은 너무나 잠잠했다. 멀리는 바다 건너 야쿠자와 연결되어 있고, 가까이는 시내 주먹과 어울린다는 닛폰도의 침묵은 가소로움이나 아량으로밖에 생각할 수 없었다.

아무리 그렇다 해도 떡사이네들의 행동은 반의 주먹에 대한 정면 도전에 가까웠다. 그 무렵 반 한쪽에서는 닛폰도의 주먹이 소문과 다르다는 소문이 나돌기 시작했고, 또 한쪽에서는 모일 모시에 두 주먹이 한 판 붙는다는 소문까지 나돌았다.

그런데 어이없는 일이 벌어졌다.

닛폰도네 핵심 멤버인 명수가 공부 시간에 여학생에게 장난 쪽지를 보낸 것이 떡사이네 똘마니 양철이에게 건네진 것이다. 명수가 떡사이네에 의해 교실 앞으로 불려 나갔다.

"수업 분위기를 흐리게 해서 죄송합니다."

끝내 명수는 그렇게 공개 사과를 해야 했다. 얼마 전까지만 해도 닛폰도 앞에서 알랑거리던 그들이 닛폰도의 최측근인 명수를 그렇게 치욕스럽게 만든 것이다. 그들의 치욕은 거기서 끝난 것이 아니었다.

"명수가 사과를 했는데…… 할 말 있는 사람, 말해 봐."

그 칼끝은 명백히 닛폰도를 향하고 있었다. 드디어 닛폰도가 칼을 뽑을 차례였다. 그에 관한 소문을 확인할 수 있는 기회가 왔다. 우리는 그가 정말 사무라이처럼 칼을 뽑아 떡사이네를 한 방에 잠재워주기를 바랐다.

그러나 닛폰도는 처음부터 고개를 수그린 채 아무런 반응을 보이지 않았다. 떡사이네 행위를 그저 가소롭게 봐주는 것인지, 칼집에 든 녹슨 닛폰도처럼 이름만 주먹인지 알 수 없었다.

"아무도 없어? 정말 없어?"

떡사이네 양철이는 마치 이빨 빠진 사자를 희롱하는 하이에 나처럼 닛폰도를 자극했다. 우리는 그 일촉즉발의 상황에서 드디어 두 주먹의 충돌을 기대하고(?) 있었는데 닛폰도는 끝까지 고개를 들지 않았다.

결국 우리는 소문과 다른 우리반 내 주먹의 초라한 모습만 확인한 셈이었다. 그들의 모욕에도 줄곧 고개를 꺾은 채 꼼짝 않고 있던 닛폰도가 슬그머니 일어나 교실을 나가 버렸기 때문이었다. 그리곤 학교에 나타나지 않았다.

알고 보니 닛폰도는 처음부터 주먹이 아니었다. 그의 삼촌은 조직폭력단의 두목은커녕 졸개도 아닌, 교도소에 복역 중인 죄

수에 불과했다. 그는 일찍부터 편모슬하에서 어렵게 살아왔는데 가지고 있는 것은 오로지 '닛폰도' 뿐이었다. 그는 아버지의 유품인 닛폰도로 자신의 나약함을 숨기려고 과장된 소문을 퍼뜨린 것이었다.

또 다른 소문에 의하면 닛폰도는 어린 시절 그런 환경 때문에 아이들로부터 집단 따돌림을 많이 당했다고 했다. 그 소문만은 진짜일 것 같았다. 그리고 중학생이 되면서 살아남기 위한 허세를 부렸던 것이다.

그 뒤 닛폰도는 학교에 나오지 않았다. 공장에 취직했다는 말도 있고, 정말 조폭에 들어갔다는 말도 있었지만 그것조차 아무도 믿지 않았다.

생각해 보니 닛폰도는 떡사이네가 던진 대수롭지 않은 견제구에 걸려 아웃되고 말았다. 너무 쉽게 정체를 드러내고 만 것이다. 힘 있는 아이들로부터 괴롭힘을 당하느니 역으로 이용하려 했던 그의 생존전략이 눈물겹기도 했다.

떡사이네는 그러한 닛폰도의 실체를 일찌감치 간파하고 있었는지 모른다. 그러기에 슬슬 견제구를 던져 보았던 것이리라.

아무튼 2학년 2반에 주먹이 없어졌다. 그때까지도 떡사이는 첫날 그 인사말 말고는 한마디도 내뱉지 않았다. 다만 무슨 일이 일어날 때마다 교실 뒤쪽에서 팔짱을 낀 채 묵묵히 지켜보고 있을 따름이었다. 오히려 아이들 쪽에서 그의 눈치를 살폈다. 그로부터 그 엄청난 사건이 그리 머지않아 터지고 말았다.

자습시간이었다. 아이들은 때를 만난 것처럼 떠들었다. 떡사이 일당에 대한 아니꼬움이 깔려 있었던 건지, 5층 실습실 옆에 동떨어진 우리 교실은 그야말로 시장바닥은 '저리 가라' 할 정도였다. 나는 반장으로서 그저 건성으로 조용히 하자고 했지만 이상하게도 그날은 같이 떠들고 싶었다.

그때였다. 어디선가 교실이 무너져 내릴 것 같은 소리가 터져나왔다. 그 장면은 언제 터질지 모르는 시한폭탄 같은 두려움이 현실화된 것뿐이었다. 생각해 보면 그 두려움은 그가 교실에 남아 있으면서부터 감돌기 시작했던 막연하고도 찝찝한 분위기로 이미 예견된 것이었다. 그러나 아무리 예견된 것이라고는 하지만 그건 정말 맑은 하늘에 떨어지는 날벼락처럼 너무 엉뚱했다.

떡사이였다. 떡사이가 교단으로 올라감과 동시에 그의 패거리들이 교실 이곳저곳을 사냥개처럼 어슬렁거리기 시작했다. 교실은 한순간에 폭풍 전야의 두려움 속으로 빠져들고 있었다.

나는 발목에 무거운 쇠구슬을 달고 물에 빠진 것처럼 답답했다. 그때 음악실에서 들려오던 1학년들의 합창 소리가 없었다면 교실 문을 박차고 뛰쳐나가고 말았을 것이다.

"너희들이 뭔데 그러냐고!"

누군가가 그 숨 막히는 상황에 제동을 걸었다. 앞줄에 앉아 있던 여학생이었다. 몸이 작고 가늘었으며 유독 살결이 하얘서 '백설공주'란 별명을 갖고 있는 아이였다.

떡사이의 얼굴이 조금 일그러졌다. 그의 패거리인 양철이가 그녀에게 다가가 어깨를 누르며 자리에 앉혔다. 교실은 떡사이가 흘리는 천박한 웃음과 그녀의 가는 흐느낌만 들릴 뿐 아무런 일이 없었던 것처럼 조용해졌다.

그때 비로소 아무런 힘도 없는 내가 반장이 된 것을 후회하기 시작했다. 후회 정도가 아니라 용기 없는 자신이 얼마나 부끄러웠는지 몰랐다. 내게 용기가 있었다면 반장으로서 떳떳하게 그들의 행동이 부당하다는 것을 지적하고 맞서야 했을 것이다.

그날따라 바람이 몹시 불었다. 창가에 앉아 있었던 나는 쉴 새 없이 창을 흔드는 바람소리를 듣고 있었지만, 아무도 창 쪽에 관심을 두지 않았다.

아니, 아예 내 쪽으로는 그 어떤 기대도 하지 않는다는 듯이 눈길 한번 주지 않았다. 나에게 그런 힘도 용기도 바라지 않았던 건지, 아니면 그 상황이 너무 무서워 반장이라도 어쩔 수 없다고 판단을 한 것인지는 알 수 없었다.

마침내 떡사이가 입을 열었다. 그의 말은 간단했다. 학급에 기강이 없으니 자신이 그 기깅을 좀 세우겠다. 불만이 있는 놈이 있으면 '나와 봐라'는 거였다. 우리는 그 말이 무슨 뜻인지 잘 알 수 없었다. 그리고 곧이어 그 어마어마한 일이 닥칠 것이라곤 아무도 예상하지 못했다.

그들의 기강 세우기란 몽둥이질이었다. 반질반질한 야구 방망이가 뒤에서부터 떡사이에게 건네질 때까지 우리의 한숨은 차례로 얼어붙었다.

'으으으……'

여학생 쪽에서 비명이 터졌다. 그러나 그들에게도 아량은 있었는지 여학생은 건너뛰고 남학생만 출석 번호 순으로 앞으로 불려 나갔다.

나는 무서운 개꿈을 생각했다. 그 개가 으르렁대며 달려들었다. 도망을 치든지 막대기를 들고 싸우든지 해야겠는데 도무지 발이 떨어지지 않았다.

떡사이는 몽둥이 세례식에 앞서 자신도 그 책임을 통감한다며 스스로 다섯 대를 먼저 맞겠다고 했다. 뜻밖이라 우리도 놀랐지만 무엇보다 놀라는 것은 그의 패거리들이었다.

떡사이는 옆에서 잔뜩 긴장하고 서 있던 양철이에게 방망이를 건넸다. 그러고는 교단에 떡 하니 엎드렸다. 양철이는 어쩔 줄 몰라 했다.

'사아나이 굳은 마음 처언년 두고 흐으른다—'

음악실에서 곧장 달려오던 합창소리가 아이들 등 위로 쏠려 갔다.

"뭐 하노, 인마!"

어쩔 줄 모르던 양철이가 알았다는 듯 떡사이의 그 넓적한 엉덩이를 내리쳤다. 그러나 그것은 형식적인 것이었다.

"새끼, 간질이는 기가 뭐꼬? 시게 치란 말이다!"

그제서야 결심한 듯 양철이의 방망이가 정말 힘차게 내려갔다. 순간 제아무리 덩치 큰 떡사이였지만 욱하는 소리와 함께 무릎이 약간 내려갔다. 양철이는 다시 멈칫했다.

"계속하라 카이!"

떡사이의 목소리는 자부심에 차 있었고, 양철이는 그러한 자부심에 부채질을 하듯 내리쳤다. 그는 정말 덩치만큼이나 대단했다. 정확하게 다섯 차례나 방망이가 내려갈 때까지 그의 자세는 조금도 흐트러지지 않았다.

이윽고 첫 번째로 불러간 시욱이는 위로 누나들만 여럿 있는, 여자같이 허약한 아이였다. 시욱이는 보기에도 안타깝게 덫에 걸린 생쥐처럼 바들바들 떨고 있었다. 양철이가 방망이를 내리치려다가 멈칫했다.

"짜아석……."

딱하게 바라보던 떡사이가 양철이로부터 방망이를 뺏어 들더니 이내 내리쳤다. 우욱! 하지만 시욱이는 방망이가 그의 엉덩이에 닿기도 전에 비명을 지르며 몸을 뒤틀었다.

"차라리 치마를 둘러라, 인마!"

패거리 가운데 누군가가 소리쳤다. 마침내 떡사이의 방망이가 시욱이의 가냘픈 엉덩이를 향해 내리칠 때 그의 비명은 일부 여학생들과 같이 터져 나왔다.

다음은 '땅치'라는 별명을 가지고 있는 헌덕이 차례였다. 헌덕이는 땅치라는 별명답게 당당하게 나와 교단에 딱 하니 엎디어서 셋을 내리치는 동안에도 빳빳하게 버티었다. 비록 몸집은 작지만 한낱 시골뜨기에게 굴복할 수 없다는 자세가 역력했다.

방망이 세례는 계속됐다. 떡사이는 지치지도 않았다. 그는 떡메를 치는 머슴처럼, 스윙 연습하는 야구선수처럼 방망이를 휘둘렀다. 여학생들은 아예 책상에 머리를 박고 있었고, 교실은 어느 그림 속의 도살장처럼 숨을 죽이고 있었다. 외진 비명마저 한 겹 한 겹 어두운 분위기 속에 쌓이고 있는 듯 했다. 그것은 일종의 적막이었다.

탁, 탁, 탁―

적막은 간혹 방망이 소리와 함께 기우뚱거렸다. 나는 여전히 무서운 꿈속에 있었다.

"쌌어, 민길이가 쌌다고!"

여태 숨을 죽이며 쌓이던 적막이 와르르 무너졌다. 모두의 멍한 눈길이 민길이 쪽으로 쏠렸다. 오줌을 싼 민길이는 책상에 머리를 박은 채 흐느끼고 있었다. 들썩이는 그의 어깨가 너무 초라해 보였다.

"아야 받고!"

그때 밖에서 망을 보던 패거리 하나가 교실로 뛰어들면서 선생님이 온다는 신호를 보냈다. 아이들이 일순간 놀란 닭처럼 목을 길게 빼고는 살았구나 한숨을 내쉬었다.

"책을 봐, 자식들! 군소리하는 놈 알지?"

떡사이의 굵은 목소리가 소금을 뿌리듯 아이들이 뺀 목 위로 흩어졌다. 아이들의 목은 금세 겁먹은 자라 모가지처럼 기어들어갔다. 참으로 못마땅했다.

선생님이 조용해진 교실 창을 들여다보고 있었다. 옆에 짝지가 침을 꼴깍 삼키며 일어서려고 했다. 나는 그의 소매를 잡아당겼다. 떡사이가 무서워서 그랬던 건 아니었다. 자신의 비겁함을 들추기 싫었고, 그 비겁은 한번으로 족했기 때문이었다. 짝지가 못마땅한 눈짓으로 나를 흘겨봤다.

선생님은 금방 내려가 버렸고, 그 공포의 시간은 다시금 칼날을 세우고 있었다. 나는 더 이상 견딜 수 없었다.

'사나운 개가 달려듭니다. 소년은 맨주먹을 내밀었습니다.'

언젠가 읽은 동화의 내용이 스쳐갔다.

'내게도 남을 제압할 수 있는 뿔이 있어. 떡사이 역시 닛폰도나 서울내기 같은 존재일지도 몰라.'

내 차례가 왔다. 오히려 잘 됐다 싶었다. 그 순간을 정말 회피하고 싶지 않았다. 어쩌면 엄청나게 두들겨 맞고 싶다는 것이 솔직한 심정이었다. 사나운 개 앞에서 한없이 오그라드는 것보다 차라리 물리는 쪽이 편할 것 같았다.

내가 앞으로 나가자 양철이가 떡사이에게 뭔가 이야기하더니 반장은 반장이니까 그냥 건너뛴다고 했다.

"아니 맞겠어."

그들은 나의 뜻밖의 태도에 당황하는 빛이 역력했다.

"아니, 반장은 봐준다고 하잖아?"

"이 판국에 반장이 무슨 소용이 있어! 때릴 게 있다면 나를 다 때리라고!"

나는 처음으로 소리를 질렀다. 어디서 그런 용기가 나왔는지 모를 일이었다. 그러면서 처음으로 떡사이와 눈이 마주쳤다. 떡사이가 눈길을 돌려버렸다.

"들어가라 카이!"

내게서 눈길을 돌린 떡사이가 벼락같이 소리를 내질렀다. 그 소리가 다시 교실에 쩌렁쩌렁 울렸다.

"못 들어가!"

내 소리도 만만치 않았다.

"나도 때려 줘!"

그때였다. 여학생 부반장인 종희가 앞으로 나왔다.

"나도, 나도……."

긴장된 분위기가 폭발하고 있었다.

이곳저곳에서 아이들이 쏟아져 나왔다. 그것은 거의 순간의 일이었다. 갑자기 아이들이 떡사이 쪽으로 몰렸기 때문에 나는 떡사이의 마지막 모습을 볼 수 없었다.

닛폰도가 학교를 떠나고 얼마 되지 않아서였다. 나는 선생님의 부탁도 있고 해서 그의 집을 찾아갔다. 소문과 달리 그는 그냥 집에 있었다. 가정형편상 학교를 더 다닐 수 없다고 했다.

"너 그때 닛폰도로 날 정말 칠 생각이었냐?"

나는 그걸 꼭 물어 보고 싶었다.

"네 눈빛 때문이었어. 네 눈빛에는 불이 흐르는 것 같아. 쳐다 보면 기가 죽지. 사실 너를 우리 집에 데리고 간 것도 기가 죽기 싫어서 그냥 그렇게 한 것뿐이야."

나는 그때서야 내 눈빛이 무섭다는 서울내기 고백을 이해할 수 있었다. 아니, 그때 내게도 숲을 제압하는 뻐꾸기 울음 같은 뿔이 있다는 것을 비로소 알았다. 그러고 보면 내게도 카리스마가 있었다. 뻐꾸기 뿔과 같은.

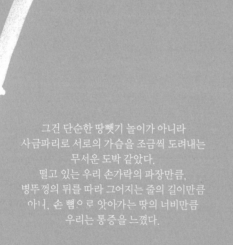

그건 단순한 땅뺏기 놀이가 아니라
사금파리로 서로의 가슴을 조금씩 도려내는
무서운 도박 같았다.
떨고 있는 우리 손가락의 파장만큼,
병뚜껑의 뒤를 따라 그어지는 줄의 길이만큼
아니, 손 뼘으로 앗아가는 땅의 너비만큼
우리는 통증을 느꼈다.

두 마리 염소

하늘은 높았고 높은 하늘은 어느 틈엔가 지나가버린 제트기구름이 가로질러 있었다. 우리는 손바닥만 한 학교 뒷마당에서 땅뺏기 놀이를 하고 있었다. 산 너머에서 울려오는 뱃고동 소리 따위에는 아무도 귀를 기울이지 않았다. 손가락에서 튕겨나가는 병뚜껑만이 긴장되게 서로의 진영을 넓혀갈 뿐이었다.

도회지에선 좀처럼 보기 드문 바다빛 하늘이었다. 짙은 고향 냄새가 나는 거 같았다. 하지만 곧 경기가 시작되는 마당에 하늘만 쳐다보고 있을 처지가 아니었다.

아닌 게 아니라 그날은 정말 중요한 날이었다. 보통 말하는 중요한 날이 아니라 18년 동안 살아온 내 생애에 가장 긴장되고 가슴 떨리는 날이었다.

그날은 우리가 6년 만에 다시 땅뺏기 놀이를 하는 날이었다. 그래서 며칠 전에는 잘 나가지도 않던 성당 기도회에까지 다녀왔다.

둘째가라면 서러워할 전국 최고의 야구 명문이 같은 도시, 그것도 길 하나를 사이에 두고 나란히 존재한다는 것은 서로에게도 용납하기 힘든 일이었다. 두 학교는 전국대회보다 지역 예선을 더 어려워했다.

그도 그럴 것이 둘 중 어느 학교가 나가든 전국대회에 나가면 거의 8할 이상은 우승을 했기 때문에 지역 예선전이라 하더라도 두 학교의 대결은 언제나 전국대회 결승전을 방불케 할 만큼 치열했다.

그래서 사람들은 'TK목장의 결투'라 했다. 경기장 안의 응원전은 물론이요, 경기장 밖의 심리전까지도 서로 팽팽했다. 두 학교의 선배들까지 합세했고, 심지어 시민들까지 이쪽 저쪽으로 편이 갈라져 성원을 보냈다.

언제부터인지 두 학교를 거쳐 야구장으로 가는 7번 버스에 먼저 타는 팀이 진다는 징크스까지 있어서 버스를 늦게 타려고 신경전을 펼치기도 했다. TK목장의 결투는 사실상 버스타기부터 시작됐다.

야구가 한 도시를 완전히 압도하고 있었다. 프로 야구가 없던 그 시절, 아마추어 야구가 그것도 고교 야구가 도시 전체의 기분을 쥐락펴락 할 정도로 인기는 하늘 높은 줄 몰랐다. 사람들은 그 시절을 고교 야구 전성시대라 불렀다.

그때 나는 그 라이벌의 한 축인 ㄷ고교의 에이스 투수였다.

상대 학교의 중심 타자가 내 영원한 맞수인 강철수였기에 그 긴장감은 남보다 몇 곱절이나 더 심했다.

전국고교야구대회 첫 지역예선전, 시민들은 결투와도 같은 두 학교 간의 야구 경기에 온통 관심을 쏟았다. 그해 전국 고교야구의 판도를 결정할 정도로 중요한 경기였다.

사람들은 시합 몇 시간 전부터 야구장 입구에 긴 줄을 서서 차례를 기다렸고, 시작하기도 전에 관중석은 통로나 스탠드 윗부분까지 빽빽이 들어차 있었다.

그러나 야구장 분위기는 경기장에 꽉 들어찬 관중들로부터 뿜어져 나오는 그 어떤 열기에도 들뜨지 않고 오히려 무거울 정도로 착 가라앉아 있었다. 두 학교의 응원조차 여느 때처럼 흥분하거나 들뜨지 않고 질서정연했다. 그 무게가 내 어깨까지 짓누르는 것 같았다. 그것이 무엇인지 모르지만 아주 무겁게만 느껴졌다. 그것은 긴장감이었다. 어느 한 쪽으로 치우치지 않은 팽팽한 긴장감이 운동장을 압도하고 있었다.

그 경기가 강철수와 나에게 더 큰 무게로 다가온 것은, 결과에 따라 앞으로 6년 아니 평생 상처로 남을 수도 있기 때문이었다. 그래서 이런 경기는 정말 피하고 싶었다.

그런데 나는 처음부터 ㄷ고등학교에 진학을 해 투수로 활약을 하고 있었지만, 녀석은 무슨 이유 때문인지 ㅂ시에서 야구를 하다가 한 해 전에 ㄱ고등학교로 전학을 온 터였다.

그리고 3학년이 되면서 에이스 투수와 4번 타자로 본의 아니게 두 학교 간 대결의 중심에 서게 되었다. 그러니까 전국대회 첫 예선전에서 우리 둘의 직접 대결이 불가피해진 것이다.

"이건 땅뺏기를 다시 하는 거야."

"그래, 생각나?"

"호호호…"

이 경기가 결정되고 나서 우리는 통화를 했다. 녀석은 대답을 하지 않고 웃기만 했다. 하지만 그때 우리 둘의 머릿속을 가득 채운 것은 너무나 맑은 하늘 아래서 죽음과도 같았던 그 땅뺏기의 시간이었다.

초등학교 6학년 때였다. 명희가 전학을 간다는 급박한 상황 앞에서 우리가 할 일이라곤 그것밖에 없었다. 우리는 학교 뒷마당에서 떨리는 손가락을 호호 불며 너무나 긴장된 땅뺏기 놀이를 했다. 영역 표시하는 수컷 맹수처럼 명희에게 서로의 흔적을 남기고자 한 것이었을까.

아무튼 그날 사금파리로 서로의 영역에 줄을 그으며 땅을 앗아가는 것이 너무나 섬뜩한 게임이었기에 그날 이후로 우리는 둘 다 그 기억을 들춰내고 싶어 하지 않았다.

두 학교의 선수들이 홈베이스를 중심으로 1루, 3루 라인을 따라 줄을 서서 인사를 하고 페어플레이를 다짐하는 악수를 했다. 차례에 따라 녀석이 다가왔다.

"잘 해보자고."

녀석이 싱긋 웃어 보였다.

"그래, 파이팅."

나도 웃었다.

우리는 짧은 웃음을 주고받았지만 그 웃음 뒤에는 지나간 시간이 전혀 죽지 않은 채 빳빳하게 살아 가시를 내밀고 있었다.

녀석 편이 먼저 공격이었다. 야구는 수비를 먼저 하는 쪽이 심리적으로 유리했다. 일단 출발이 좋았다.

경기 시작 사이렌이 울렸다. 첫 수비였다. 우리는 투수인 나를 중심으로 스크럼을 짜고 파이팅을 외친 후 자기 포지션으로 들어갔다.

나는 투수 마운드에 올라서서 송진가루 대신에 흙을 한 줌 불끈 쥐었다. 습관처럼 하는 행동이지만 오늘 따라 촉감이 좋았다. 그리고는 하늘을 한 번 올려다보았다.

운명, 나는 운명에 대해 생각했다. 어쩌다가 우리는 비슷한 시기, 같은 산골마을에서 태어나 똑같이 야구를 하게 된 것일까. 속된 말로 불알친구 중에서도 이렇게 잘 아는 친구가 없을 터이니 당연히 흉허물 없는 가까운 사이이겠건만 우리는 서로에게 너무 조심스러웠다.

언제나 비교했고, 비교되었다. 마치 모순矛盾으로만 존재 의의가 있는 창矛과 방패盾와 같았다. 우리는 지금껏 그 '뚫고 막아야 한다'는 긴장된 관계를 한 번도 벗어난 적이 없었다. 그 경쟁 관계를 더욱 부추긴 결정적 계기가 바로 야구였다.

우리가 맨 처음 야구를 시작할 때도 마찬가지였다.

산골 학교에 야구가 들어왔다. 당시 산골 학교에서 구기 종목이라는 것은 축구뿐이었다. 그것도 주먹만 한 고무공이 전부였다. 그런 산골에 보다 복잡한 기구가 필요한 야구가 들어온 것이었다.

아이들은 대부분 야구 클럽을 처음 만져보며 신기해했다. 한 달 뒤에 있을 군내 초등학교 대항 야구시합에 나가기 위해 선수를 선발했다.

나는 뽑히지 못했다. 철수는 야구 선수 출신인 삼촌의 영향으로 야구를 배운 경험이 있었고, 그 경험은 우리가 살던 산골에서 거의 유일했다. 그러했기에 녀석은 당연히 중심 선수로 활약을 하게 되었다.

자존심이 많이 상하긴 했지만 나는 야구가 너무 하고 싶었다. 그래서 방과 후 집에 가지 않고 할 일 없이 그들이 연습하는 운농장 주변을 기웃거렸다.

그러던 어느 날 1루수를 맡은 아이가 글러브를 땅에 놓아두고 화장실에 갔다. 아무 생각 없이 내가 그걸 왼손에 꼈다. 그때 마침 선생님이 친 연습 타구가 내 쪽으로 굴러왔다. 처리하기가 꽤 힘든 공이었는데 나는 엉겁결에 그걸 잡았다.

선생님 입장에서는 낯선 녀석이 어려운 공을 가볍게 잡는 것이 신기한 듯 연이어 공을 내 쪽으로 보내왔다. 나는 그때마다 공을 잘 잡았다. 생전 처음 야구 글러브를 껴 본 것이었고 생전 처음 야구를 한 날이었다. 그런데도 그런 땅볼을 잡는 것이 그다지 어렵지 않았다.

그날부터 나는 바로 선수로 발탁되었다. 우리는 학교의 명예를 빛낼 같은 학교 선수였지만 서로에게 질 수 없다는 긴장감은 더 심해질 수밖에 없었다. 피해갈 수도 있었던 우리의 경쟁관계가 야구로 인해 한층 더 깊이 빠져들게 된 것이다.

우리의 만남은 운명이었다. 명희도 야구도 운명처럼 우리 발목을 잡았다. 지금 이 야구 경기가 그걸 말해주고 있었다. 그러기에 첫 공이 망설여졌다. 비록 녀석은 네 번째 타자이지만 나는 첫 타자에게 던질 첫 공이 무척 망설여졌다.

첫 공을 던졌다. 한가운데 직구였다. 상대 타자가 힘껏 휘둘렀으나 그대로 헛스윙이었다. 박수 소리가 요란하게 터졌다. 출발이 좋았다. 7번 버스도 우리가 늦게 타고 왔고, 수비도 먼저 우리에게 돌아왔고, 하늘도 맑았으며, 더구나 기도회까지 다녀오지 않았던가. 감이 좋았다.

나이스 피쳐!

여기저기서 응원 소리가 터져 나왔다.

둘째 공은 아웃코너 꽉 차는 스트라이크, 제3구는 바깥으로 휘는 커브로 삼진 아웃이었다.

박수와 함성이 다시 쏟아졌다. 2번 타자와 3번 타자를 모두 내야 땅볼로 쉽게 처리한 것이다. 삼자범퇴, 출발이 좋았다. 그런데도 지나치게 긴장된 운동장 분위기는 좀처럼 들뜨지 않았다. 1회 말 공수가 바뀌었고 우리 편 공격 또한 평범한 공격으로 끝났다.

2회 초, 나는 다시 마운드에 올랐다. 아, 녀석과의 첫 대결이다. 녀석이 하얀 알루미늄 배트를 휘두르며 타석에 들어섰다. 나는 다시 송진가루 대신 그라운드의 흙을 한 주먹 쥐었다가 마운드에 뿌렸다. 그리고는 녀석 쪽을 봤다.

사실은 녀석이 아니라 포수 쪽 전체를 보고 있었다. 녀석도 내 쪽으로는 눈길을 주지 않고 바짝 세운 배트의 끝 부분을 보고 있었다. 막상 공을 던지려니 망설여졌다.

포수는 가운데 낮은 직구를 요구했다. 포수의 사인을 읽었으면서도 나는 계속 포수 쪽을 보면서 망설였다. 녀석이 보고 있는 배트 끝 부분에 햇살이 눈부셨다. 눈부신 햇살 때문에 방아쇠를 당겼다는 '이방인'이 생각났다. 나도 방아쇠를 당기듯 크게

와인드업을 하고는 녀석을 향해 첫 공을 던졌다.

딱–. 소리가 났다. 순간 움찔했지만 파울이라고 직감했다. 식은땀이 났다. 약간 힘을 더 줘 같은 공을 던졌다. 같은 소리가 났다. 또 파울이었다. 아웃코너, 인코너 빼서 던졌으나 녀석은 역시 좋은 타자답게 배트를 갖다 대지 않았다. 투 앤 투에서 다시 승부구를 던졌다. 파울이다. 아, 처음부터 우리는 팽팽하게 버티고 있었다.

까만 염소와 하얀 염소, 그날 아침에 꾼 가위눌림 같은 그 꿈이 스쳐갔다.

통나무로 된 외나무 다리였다. 깎아지른 절벽 아래로 죽음과도 같은 물이 흐르고 있었다. 그 다리 저쪽 끝에서 까만 염소 한 마리가 다가오고 있었다. 염소가 다가오자 처음에는 보이지 않던 뿔이 조금씩 커지기 시작했다.

이윽고 나도 두 손으로 다리를 꼭 부여잡고 염소를 향해 머리를 내밀었다. 내 머리끝에도 어느새 뿔이 돋아 있었다. 땀을 뻘뻘 흘리는 내 몸통은 온통 하얀 털로 덮여 있었다. 하얀 염소였다. 하얀 염소가 조금씩 밀리기 시작했다.

음매에. 음매에. 소리를 질렀다. 소리는 하얗게 벼랑 아래로 자지러졌다.

갑갑했다. 누군가 나를 흔들었다. 여동생이었다. 염소 두 마리가 아찔하게 멀어지면서 한 장의 사진처럼 휘말렸다.

"누구니?"

여동생이 내가 머리맡에 두고 잔 사진을 손가락 사이에 끼고서 부채처럼 흔들고 있었다. 정갈한 아침 햇살이 창 쪽에서 부셔지고 있었다. 부셔지는 햇살 사이로 고향의 하늘이 스쳐갔다. 높고 맑은 하늘에는 제트기구름이 가로질러 있었다.

여동생의 손가락 사이에 끼여서 부채처럼 흔들리는 빛바랜 사진 속에는 높은 하늘에 비하면 정말 손바닥만 한 학교 뒷마당에서 땅뺏기를 하는 우리가 있었다.

산 너머 통영 포구에서 울려오는 통통배 소리 따위에는 아무도 귀를 기울이지 않았다. 다만 손가락 끝에서 튕겨나가는 병뚜껑 말만이 긴장되게 서로의 땅을 가르고 있을 뿐이었다.

"꿈 꿨나봐."

여동생이 고개를 갸웃 했다.

"호호호."

나는 별안간 실성한 사람처럼 웃었다.

"정말 좋아한 모양이구나."

여동생은 씁쓸한 내 웃음을 의아해 했다. 동생은 모른다. 우리 사이에 깔린 미묘한 문제를 이해하지 못할 것이다.

나는 일어나 창을 열었다. 비가 온 뒤라서 그런지 하늘이 무척 맑았다. 간밤에는 우리의 그런 사이를 비웃기라도 하듯이 비가 많이 내렸다. 행여나 하고 제트기구름을 찾았으나 있을 리 만무했다. 그래도 도시 하늘에서는 좀처럼 보기 힘든 맑은 하늘이었다. 파란 하늘과 솔숲 사이를 날아오르는 갈매기도 빛바랜 사진 속으로 머물러 버린 지 오래됐다.

이제 우리는 그 사진 속에 돌아와 여섯 해나 연기되었던 땅뺏기를 다시 하게 되었다. 오 학년 땐가 봄 소풍에서 명희와 함께 우리 셋이서 나란히 찍은 그 사진은 명희의 얼굴을 유일하게 간직하고 있는 것이었다. 나는 사진 속에서 비집고 나오는 뿔을 떠올리고 있었다.

우리의 첫 번째 뿔싸움은 초등학교에 입학한 지 서너 달이 지나 여기저기서 뻐꾸기가 처량하게 울던 어느 날이었다.

부모 품을 벗어나 처음으로 또래들을 만나게 된 그 무렵 어디든 서열 경쟁이 치열했다. 물론 직접 힘 겨누기나 싸움을 하는 경우도 있었지만 대부분 비교 우위로 서열이 정해졌다.

또래들보다 덩치가 큰데다, 나는 면서기인 아버지를 둔 탓에 비교적 쉽게 우리 반의 일인자가 되었다. 장터 약국집 외아들이었던 녀석도 어느 틈엔가 옆 반의 일인자가 되어 있었다.

하지만 작은 시골 학교에서 일인자가 둘일 수는 없었다. 언제부터인지 본인들의 뜻과는 상관없이 ○일 ○시 학교 뒤 풀밭에서 이른바 '한판' 붙는다는 소문이 돌기 시작했다. 누가 어떻게 낸 소문인지 모르지만 시간이 흐를수록 그것은 거역할 수 없는 약속이 되고 말았다.

그날이 다가올수록 조바심은 커져만 갔다. 그렇다고 그런 심정을 겉으로 드러낼 수는 없었다. 아이들 입장에선 일인자를 가리고 싶어 하는 마음도 있었겠지만, 본 적이 없는 녀석과 나의 진정한 싸움 실력을 보고 싶었는지도 모른다. 아니 그보다 힘깨나 쓰는 아이들에겐 '맞짱' 한 번 붙지 않고 서열에서 밀린 것에 대한 보상심리도 있었을 것이다.

어린아이들의 싸움이란 것이 울거나 코피가 나면 끝이었지만, 결코 항복을 할 수 없었던 우리에게는 정말 피터지게 싸워야 하는 살벌한 싸움이 기다리고 있었다. 주사 한 방에도 벌벌 떨던 우리에게 그와 같은 일을 감당하라는 것은 너무 가혹한 형벌이었다.

결국 예방 주사를 맞기 위해 길게 선 줄이 줄어들듯 점점 그날은 다가왔고, 피하고만 싶던 그날은 기어코 오고야 말았다. 우리는 상대에 대한 아무런 적의감 없이 그들이 준비한 링 위로 올라가지 않을 수 없었다.

나는 혹시나 하는 불안감 때문에 반 아이들을 여러 명 데리고 그 현장으로 나갔다. 녀석도 나와 같았는지 여러 명과 함께 나왔다. 우리는 목숨을 걸고 맞선 서부 영화 OK목장의 결투 속의 건맨처럼 학교 뒤 풀밭 가운데서 권총 대신 맨주먹을 불끈 쥐고 맞섰다.

하지만 누구도 먼저 주먹을 내밀지는 못했다. 분위기가 너무 무거웠던 탓인지 응원 온 아이들까지 응원은커녕 숨을 죽이며 지켜보고 있었다. 게다가 하늘에서는 잿빛 무거운 구름이 숨이 막힐 듯 짓눌러왔고, 처량한 뒷산의 뻐꾸기 소리마저 한층 긴장감을 북돋우고 있었다.

여덟 살인 우리가 감당하기에는 너무 긴장된 시간이었다. 그런데 정작 그 살벌한 분위기를 이기지 못한 것은 맞짱의 당사자인 우리가 아니라 응원군 쪽이었다.

"앙!" 하는 소리와 함께 울음이 터져 나왔다. 누군가 그 긴장감을 이기지 못하고 울음보를 터트리는 바람에 맞짱은 흐지부지되고 말았다.

우리의 대결은 그렇게 끝나고 말았지만 그 죽음과도 같았던 살벌한 분위기는 아이들 사이에서 소문으로 퍼져갔다. 그래서인지 아이들은 더 이상 둘의 서열 가리기를 요구하지 않았다.

우리는 이기려고 싸움에 나간 것이 아니라 져서는 안 되는 싸움을 한 것이었기에 양분 된 구역의 일인자로서 체면은 유지했다고 할 수 있었다.

차라리 그 때 어떤 식으로든 승부가 났더라면 우리의 관계는 훨씬 편했을지도 모른다. 그로부터 우리는 모든 것을 비교했고, 비교 당했다. 녀석이 부르는 노래를 내가 부르지 못하면 안 되고, 내가 아는 한자를 녀석이 모르면 안 되는 거였다.

부모들의 부탁이었는지 학교 측의 배려였는지 우리는 6학년 졸업 때까지 한 번도 같은 반이 되지 않았다. 우리의 만남이란 통나무 다리 위에서 뿔을 맞대고 있는 염소들과 같았다. 필경 어느 한쪽을 다리 아래로 떨어뜨려야 하는 운명이었다.

그래서 우리는 공부는 물론이고 하찮은 구슬치기까지 경쟁을 철저히 회피했다. 그렇다고 서로를 미워하지도 싫어하지도 않았으며 단 한 번도 싸움을 한 적이 없었다.

상대방이 나보다 우월해서는 안 된다는 것, 그리고 상대방이 아닌 내가 다리 위에서 떨어질 수는 없다는 것, 그것뿐이었다. 그것은 둘 사이에 보이지 않게 그어져 있는 일종의 소도蘇塗와 같았다.

하지만 그렇게 금을 그어놓은 소도에도 문제가 생겼다. 바로 명희 때문이었다. 1학년부터 4학년까지 명희는 녀석과 같은 반에서 반장 부반장으로 짝을 이루었고, 5,6학년 때는 나와 짝이었다. 명희는 우리 둘 사이에 막연히 그어져 있던 소도 지역 이쪽 저쪽을 넘나들면서 우리의 금기禁忌를 흔들어댔다.

우체국장 딸이었던 명희는 언제나 깔끔했고, 우리에게는 공주와 같은 존재였다. 아니, 서로의 뿔을 지탱하게 해준 통나무 다리였는지도 모른다. 그 다리가 끊임없이 흔들렸으므로 우리는 안일하게 자기 영역만을 지키고 있을 수가 없었다.

명희가 삼천포로 이사 가기 바로 전날 우리는 그 어처구니없는 게임을 하고 말았다. 아니, 우리의 금기를 우리 스스로 무너뜨리고 만 것이다.

게임의 승패 이후에 관해서는 아무런 약속도 없었다. 명희가 떠난다는 급박한 상황 앞에서 우리가 할 수 있었던 것은 그저 그것뿐이었다. 우리의 소도 구역을 자유로이 넘나들던 명희 때문에 우리는 은밀하게 키워오던 우리의 아픈 뿔을 처음으로 내밀어야 했다.

온통 노랗게 물든 학교 뒷마당 은행나무 잎이 바람이 불지 않아도 눈송이처럼 떨어지던 날이었다. 우리는 그 나무 아래서 손가락을 비비며 병뚜껑을 퉁겼다. 내 병뚜껑 말이 녀석의 진영을 가로지르고, 뒤이어 날카로운 사금파리로 줄을 긋고 나면 녀석의 사금파리가 내 쪽을 휙 가르며 줄을 그었다. 그럴 때마다 가슴 한가운데를 칼질하는 것 같았다.

그건 단순한 땅뺏기 놀이가 아니라 사금파리로 서로의 가슴을 조금씩 도려내는 무서운 도박 같았다. 떨고 있는 우리 손가락의 파장만큼, 병뚜껑의 뒤를 따라 그어지는 줄의 길이만큼 아니, 손 뼘으로 앗아가는 땅의 너비만큼 우리는 통증을 느꼈다.

공을 던지는 나나 쳐내는 녀석이나 그때 사금파리로 금을 그으며 느꼈던 통증을 느끼고 있는 것은 마찬가지일 것이다. 하지만 행운은 녀석에게 먼저 다가왔다. 여러 차례 파울볼을 쳐내더니 공이 묘한 자리에 떨어졌다. 빗맞은 타구였지만 아무도 잡을 수 없는 이른바 텍사스 존에 떨어진 것이다.

그러나 다음 세 타자를 나는 각각 스트라이크 아웃과 평범한 땅볼로 처리해버렸다.

4회에서 두 번째로 대면했을 때 초구에 녀석의 배트가 나왔다. 아차, 했다. 하지만 공은 우익수 정면으로 날아갔다. 이번에는 행운이 내 쪽이었다. 장군 멍군이다.

우리 사이는 늘 한 치의 양보도 없는 팽팽한 줄다리기 그 자체다. 하나라도 아차 하는 순간, 승부는 걷잡을 수 없이 기울 것이다. 그 하나의 떨어짐이 두려워 우리는 승부를 그처럼 회피해왔는지 모른다.

팽팽한 경기는 긴장과 탄식 속에 이어졌다. 무겁던 운동장 분위기도 어느덧 달아올라 있었다. '럭키 세븐'이라는 7회에 드디어 우리 팀에서 연속 안타와 상대 범실로 한 점을 선취했다.

8회를 넘기고 녀석 팀의 마지막 공격이었다. 삼자 범퇴를 시키면 TK목장의 결투에서 우리 학교가 이기게 되며 그것은 곧 나의 승리가 되는 것이다.

최상의 컨디션이었던 나는 무사히 두 타자를 처리했다. 세 번째 타자도 비교적 처리가 쉬운 높은 외야 플라이 볼이었다. "마이 볼"을 외치며 두 팔을 높이 치켜든 외야수는 공의 낙하지점에서 기다리고 있었다.

너무 높이 뜬 탓일까. 나는 혹시나 하고 불안해했다. 뜬 공을 바로 밑에서 기다리며 잡을 경우 실수하는 경우가 간혹 있기 때문이다.

아, 아니나 다를까. 외야수가 공을 떨어뜨리고 말았다. 투 아웃이니 타자가 죽을힘을 다해 베이스 러닝을 한 탓에 3루를 지나 홈까지 넘보는 지경이 되고 말았다. 다 끝난 승부가 다시 팽팽한 긴장으로 휩싸였다. 다음 타자는 철수, 녀석이었다.

내 컨디션으로 보아 껄끄러운 4번을 거르고 그날 안타가 없는 5번이나, 여차하면 5번도 거르고 약점이 많은 6번과 승부를 걸면 충분히 승산이 있었다. 너무나 당연하다고 생각을 해서였는지 감독은 사인도 보내지 않았다. 포수도 아예 바깥으로 나가 앉아 있었다.

그러나 박수를 받으며 당당히 타석에 등장하는 녀석을 보는 순간 고의 사구는 비겁하다는 생각이 들었다. 아니, 치켜든 녀석의 하얀 배트에 반사되어 빛나는 햇빛을 보는 순간 나는 정면 승부의 욕구가 불처럼 일어났다.

제1구를 최고의 속력으로 한 가운데로 찔러 넣었다. 포수가 깜짝 놀라 홈베이스 쪽으로 넘어질 듯 클럽을 내밀었고, 타석에 있던 녀석은 예상치 못한 내 공에 놀라 뒤로 물러섰다. 눈이 둥그레진 감독이 '걸러라'라는 사인을 연달아 보냈다.

그런데 제2구를 던지는 내 자세가 너무 진지해서일까 포수가 타임을 걸며 달려 나왔다. 나는 알았다며 포수를 돌려보냈다. 그리곤 다시 한 가운데 약간 낮은 직구를 던졌다.

순간 내 의도를 알아차린 녀석의 배트가 힘껏 돌아갔다. 공은 배트를 스치면서 뒤로 튕겨나갔다. 이번에는 감독이 어이없어하며 타임을 걸고 나왔다.

"너 왜 이래? 인마. 무조건 내보내라고."

마운드로 나온 감독은 상대 선수들이 다 들릴 정도로 큰 소리로 지시하고 들어갔다. 그러나 지금 녀석은 투 스트라이크 노볼의 위기에 몰려 있는 상황이었다.

그다음 유인구를 던졌다. 삼진의 위기에 몰린 녀석은 볼을 걸어낼 수밖에 없었다. 너무 어이없어 화를 냈던 감독도 굳이 고의사구가 필요 없다는 듯 가만히 있었다.

결국 판을 내 의도대로 짤 수 있게 됐다. 아니 녀석도 이걸 바라고 있었을지 모른다. 앞선 타석에서 녀석도 노아웃 2루에서 감독의 번트 지시를 거부하고 정면 승부를 택했다.

한낮이 다하면 노을이 들고 이윽고 어둠이 밀려들 듯이 우리의 싸움도 더 이상 지체할 수 없었다. 우리는 둘 다 이런 대결을 원했는지 모른다. 그렇지 않다면 끝까지 회피했을 것이다. 그것이 야구든 뭐든 한번은 꼭 건너야 할 다리라면, 이런 방법이 최선일지 모른다는 생각이 문득 들었다.

나는 몇 번 더 유인구로 던졌다. 녀석은 여전히 고통스럽게 공을 걷어냈다. 표정이 일그러진 녀석은 땀을 뻘뻘 흘리고 있었다. 녀석에게 결코 져서는 안 될 것 같았다.

머리가 어지러웠다. 이제 우리는 통나무 다리 한가운데서 온통 뿔 쪽으로 힘을 쏟아야 했다. 검은 염소와 흰 염소, 둘 중 하나가 그 누구이든 다리 아래로 떨어지는 것이 두려워서 우리는 여태 그 상황을 철저하게 회피해 오지 않았던가. 건너야 할 다리라면 오히려 기다렸다는 말이 맞는지도 모른다.

공을 쳐내는 녀석의 배트 소리가 무척 둔탁하게 느껴졌다. 스윙을 하는 녀석의 고통스런 숨결이 내 귀에까지 들리는 듯 했다. 녀석이 져서는 안 될 것 같다. 내가 진다는 것은 더더욱 안 될 말이다. 지금은 명희가 없다. 판을 깰 명희가 없다는 것이 정말 아쉬웠다.

녀석은 볼을 걷어내는데 급급했지만 최고의 홈런 타자로 각광받고 있는 녀석인지라 한 방 제대로 맞으면 그대로 경기는 끝나버리고 만다. 관중석에서도 모두 숨을 죽이고 있었다. 아니, 천둥 같은 소리를 지른다 해도 나는 듣지 못했을 것이다.

내게는 아직 결정구가 남아 있었다. 그러나 녀석의 태도가 너무 고통스러워 보였다. 마치 통나무 다리에서 바동대는 염소의 모습과 같았다. 내 속 깊은 곳에 은밀하게 지녀온 녀석에 대한 오래 묵은 옛 정이 자꾸 염소 뿔처럼 치밀고 나왔다.

땅뺏기 놀이를 할 때 나도 그런 고통의 뿔을 내밀고 있었다. 우리의 땅 가르기는 녀석과 내가 각각 거의 비슷한 면적을 차지하고 있을 때 끝나 버렸지만, 땅의 모양새는 추녀 끝의 고드름처럼 들쭉날쭉이었다.

그때는 서로의 지형을 이용한 말 쓰러뜨리기였다. 말을 쓰러뜨리면 손 한 뼘씩 땅을 가져가는 것이었다. 손이 작은 나는 녀석보다 불리했다. 하지만 나는 정확한 조준으로 만회할 각오였다. 아니나 다를까 기회는 내 쪽에 먼저 왔다. 내 땅 깊숙이 솟아 있는 녀석의 요새를 쉽게 뺏을 수 있었다. 녀석의 말을 넘어뜨리는 것은 동지 팥죽 새알 먹기보다 쉬운 것이었다.

하지만 그때 내 손가락은 너무 떨고 있었다. 나는 손가락을 몇 번이고 비빈 다음 말을 퉁겼지만 말은 엉뚱한 곳으로 튕겨나가고 말았다. 그때 내가 뱉었던 신음 소리를 녀석이 들었을까.

나는 그 한 번의 실수로 걷잡을 수 없이 밀리기 시작했다. 노란 은행잎은 하염없이 떨어져 내렸고, 은행잎이 떨어져 쌓일수록 내 땅은 좁아져만 갔다. 나는 가위눌림에서 벗어나려고 안간힘을 다했다. 언제부턴가 옆에서 명희가 지켜보고 있었다.

나는 결코 내 뿔을 느슨하게 늦추지 않을 것이다. 서로가 이렇게 팽팽하게 버티고 있는 뿔은 우리의 오랜 옛 정으로도 어쩔 수 없다. 녀석의 얼굴은 이미 일그러져 있겠지만 나는 녀석의 얼굴을 보지 않을 것이다. 어디엔가 숨어있을지 모르는 우리의 우정을 조금이라도 용납해서는 안 될 것 같기 때문이다.

바깥 쪽 유인구를 쳐내기 급급했던 녀석에게 나는 마지막 결정 구를 안쪽으로 던질 것이다. 그러면 십중팔구 녀석은 헛스윙 아웃이다. 그러면 모든 것이 끝난다.

우리는 왜 같은 마을에서 태어난 것일까. 좀처럼 보이지 않던 끝이 이제 보이기 시작하는 듯 했다. 이제 우리의 꿈은 녀석의 우울한 귀향만 남겨둔 채 헤어져야 한다. 나는 벌써 녀석에게 들려줘야 할 대단한 위로의 말을 생각하고 있었다.

이건 순전히 요행이야. 내가 이겼다고 할 수는 없어. 지금 말이지만 그때 땅뺏기는 내가 졌던 게임이야. 그때 명희 덕분에 파판이 된 것도 요행이지.

그때 나는 거의 돌고 있다고 할 수 없는 미세한 풍량계 소리를 들었다. 그 풍량계는 일제 때 만들어 놓은 신사 제단을 헐고 그 위에 세워져 있었다. 바람은 거의 불지 않았으므로 풍량계는 한가로웠다.

병뚜껑을 퉁기는 내 손가락이 더 떨고 있었다. 노란 은행잎 사이를 빠져 나온 햇살마저 내 손등 위에서 떨고 있는 듯 했다. 우리는 눈을 마주치게 될까봐 고개를 들 수가 없었다. 내가 가위에 눌려 허우적거리고 있을 때 학교 뒷마당도 숨을 죽이고 있었다.

달달달⋯⋯. 커져가는 풍량계 소리가 긴장의 극을 향해 달려가고 있었다. 그때 숨 막힐 것 같은 학교 뒷마당의 정적을 깨뜨린 것은 이웃 성당의 종소리였다. 그 소리에 놀라 비둘기들이 학교 지붕 위로 일제히 날아올랐다.

바로 그때였다. 여태까지 우리의 옆에서 묵묵히 지켜보던 명희가 느닷없이 판에 뛰어들어 긴장하며 그어놓았던 모든 금들을 마구 짓뭉개버리고 교사 뒤로 팽하니 뛰어가 버린 것이었다. 명희가 사라진 쪽을 그저 멍하니 바라보고만 있던 우리 머리 위로 눈부시게 파란 하늘이 펼쳐져 있었다.

명희가 떠나던 날 우리는 아무도 마중 나가지 않았다.

나는 비로소 녀석을 바로 봤다. 계집애 같던 녀석, 쉽게 표정이 잘 변하던 녀석, 하지만 녀석은 좋은 녀석이었다. 생각해보니 녀석은 언제나 내 편이었고, 나 또한 녀석의 편이었다. 그때에도 녀석은 좁아져만 가던 내 땅을 결코 성큼성큼 앗아가지 않았다.

녀석이 져서는 안 될 것 같다. 그렇다고 나 또한 질 수는 없었다. 그런데 우리 옆에는 판을 흩어버릴 명희가 없다.

타석 끝에 서 있는 녀석은 영락없는 한 마리 염소다. 다리 저 끝에서 뿔을 내밀고 다가오는 녀석의 염소가 보인다. 문득 우리의 염소들이 한없이 처량해 보인다. 머리 위에서 쏟아지는 별나게 눈부신 햇살 탓일까. 마지막 승부 공을 던지려는데 자꾸만 녀석의 타석 근처에 명희의 모습이 어른거렸다.

놀라놀라 노랑 새야
얼러얼러 잘도 논다
외로울싸 이내 몸은
어느 님과 함께 가나

바람에 흩날리던 긴 머리
빛살에 바스러지던 맑은 웃음
우발수 강물보다 더 깊은 그대 눈빛
아, 아 사랑 모두 무지개인가

황조가 黃鳥歌

놀라놀라 노랑 새야
얼러얼러 잘도 논다
외로울싸 이내 몸은
어느 님과 함께 가나

발渤은 미미美尾를 타고 강변을 따라 마냥 가고 있었다. 미미는 즐거운 듯 간간히 머리를 잘레잘레 흔들며 방울소리를 냈다. 미미의 흥겨운 발굽 아래로 이미 퇴색해 버린 강아지풀이 이어져 있었다. 아직도 빳빳하게 고개를 쳐든 강아지풀꽃들은 송화松和의 여우 목도리처럼 보송한 잿빛을 띠고 있었다.

그 잿빛의 행렬이 끝나자 곧 갈대밭이 나왔다. 미미는 돌아가지 않고 마냥 갈대 속을 헤치고 나갔다. 새가 한 마리 솟아올랐다. 노랑 새였다.

노랑 새는 미미의 발굽 소리에 놀랐는지 높이 솟구치더니 강 건너로 멀리 날아가 버렸다. 노랑 새가 날아간 우발수優渤水 강물 위에는 상류에서 떠내려 온 낙엽들이 온통 울긋불긋 수를 놓고 있었다.

북녘의 가을은 우발수 강물처럼 맑고 아름다웠다. 하지만 발은 그러한 가을 행렬의 장관을 감상하고 있을 심정이 아니었다. 노랑 새가 날아가 버린 강 건너의 빈 하늘을 바라보며 그 비련의 노래를 되씹고 있었다.

사실 그 노래는 꼭 슬프다고마는 할 수 없는 노래였다. 신이 나서 빨리 부르노라면 몹시 흥겨운 노래이기도 했다. 놀이를 할 때도 마음에 드는 이와 짝을 지었을 때는 흥겹게 들리지만 짝이 없을 때, 더구나 마음에 드는 짝이 다른 사람과 어울릴 때는 슬프게 들리는 묘한 맛을 가진 노래였다.

그래도 발은 여태 그 노래가 한 번도 슬프게 들린 적은 없었다. 생각하면 모든 것이 송화 때문이었다.

놀라놀라 노랑 새야
얼러얼러 잘도 논다
외로울싸 이내 몸은
어느 님과 함께 가나

미미는 그래도 여전히 즐거운 듯 연방 방울소리를 울려댔다.

갈대밭을 벗어나자 미미는 잠시 머뭇거렸다. 미미가 머뭇거려도 발의 시선은 강 건너에 박혀 있었다. 미미는 더 나아가기 싫은 모양이었다.

다시 풀밭이 끊임없이 이어져 있었다. 발은 말을 잘 타지 못하지만 미미를 믿기 때문에 편안하게 생각을 정리할 수 있었다. 언뜻 보기에는 꾀죄죄하고 볼품없는 노새 같은 말이었지만 그래도 혈통은 있어서 꼬리 하나는 매우 아름다웠다. 그래서 발은 이름을 미미美尾라 지었다.

미미는 송화와 함께 그에게 나타났고 그녀에 대한 사랑의 징표와 같은 말이었다. 그러니까 지난 맞이굿 무렵 아버지를 따라 상가相加의 목장에 갔을 때였다. 발의 아버지는 계루족의 최고 학자였고 상가와는 절친한 사이였다.

발은 그때 유달리 긴 머리카락을 나풀거리며 말을 타는 송화를 봤다. 넋 빠진 사람처럼 멍하니 보고만 있었다. 발은 순간적이었지만 하늘에서 내려온 선녀라고 생각했다. 윤기가 자르르 흐르는 검고 잘 빠진 말 위에서 날리는 흰 옷자락, 그리고 머리카락은 그의 넋을 빼앗기에 충분했다. 그런 발 앞으로 송화는 보란 듯이 말을 몰아 휙― 지나갔다.

발은 깜짝 놀라 뒤로 넘어졌다.

녀석도 짓궂기는……. 발과 송화의 부모님들은 즐거운 듯 웃었다. 발은 놀림을 당하는 것 같았지만 그리 기분이 나쁘지는 않았다. 그들이 한바탕 웃느라 머리에 쓰고 있는 솟갈高冠折風이 벗겨질 뻔했다.

발과 송화의 아버지들이 쓰고 있는 자줏빛 솟갈은 햇살에 눈이 부실 지경이었다. 발의 부친 솟갈에는 새 깃만 꽂혀 있었지만 상가의 솟갈에는 지위를 말해주듯 금붙이가 여러 개 달려 있었다.

하지만 발은 솟갈을 쓰지 않았다. 추운 겨울이면 사람들이 대부분 추위를 이기기 위해 바르는 돼지기름도 바르지 않았다. 도무지 그에게는 모든 것이 거추장스러웠다.

발이 부모님 쪽을 보고 있을 때 송화가 조금 전과는 달리 천천히 다가왔다.

"송화라고 해."

송화는 말에서 내리지 않고 손을 내밀었다.

"송화?"

이름이 곱다고 말하고 싶었지만 부끄러워 그냥 손을 잡았다. 송화는 그러고서 또다시 휑하니 말을 몰아 멀어졌다. 그녀가 멀어지는 풀밭 너머로 우뚝 솟은 지린산이 어느 때보다도 노랗게 단풍이 들어 있었다.

잠시 뒤 송화는 깔깔대며 다시 나타났다.

"내 사랑하는 말 후후야."

송화는 말에서 팔짝 뛰어내렸다. 바람에 조금씩 날리는 그녀의 길고 부드러운 머리카락이 단풍이 한창인 목장보다도 아름다웠다.

"내 말 어때? 발."

발은 자신의 이름을 어떻게 알았을까 하는 표정으로 그녀를 봤다.

"아버님께 네 이야기 많이 들었어. 책밖에 모른다면서?"

발은 쑥스러워 뒤통수를 쓱쓱 긁었다.

"우리 계루족의 장부로서 넌 자격이 없는 것 같아."

송화는 재미있다는 듯 깔깔댔지만 발은 그러지 못하고 지린산 쪽으로 눈길을 돌렸다.

"한번 타 볼래?"

송화가 방긋 웃으며 발의 손을 잡아끌었다. 송화의 하얀 이빨이 빛살에 반짝였다.

"아, 아니."

발은 엉겁결에 손을 내저었다.

저만큼서 양가의 부모님들이 즐겁게 이야기를 나누면서 그들을 보고 있었다. 발은 자꾸만 얼굴이 뜨거워졌다. 글만 가르쳐준 부친이 처음으로 원망스러웠다.

"괜찮아, 나와 같이 타는 거야."

송화는 여전히 그 티 없이 맑은 웃음을 짓고 있었다. 발은 보고 있는 부모들이 아니라면 정말 도망치고 싶었다.

"나만 꼭 잡으라고. 호호호……"

송화는 발을 잡아끌듯 후후의 등에 올려 태웠다. 그리고 그녀 자신도 안장을 잡고 말등에 올라탔다. 후후는 송화가 오르자마자 달리기 시작했다. 발은 놀라서 송화의 허리를 꼭 껴안았다.

처음으로 느껴보는 여성의 촉감, 향긋한 냄새, 달리는 말……. 발은 갑작스럽게 쏟아지는 무지갯빛 꿈을 꾸고 있었다. 하지만 송화의 긴 머리카락이 줄곧 그의 얼굴을 스치고 있었기 때문에 꿈이 아니라는 걸 느낄 뿐이었다.

부근에서 풀을 뜯고 있던 말떼들이 놀라 물방울처럼 튕겨나갔다. 산과 나무와 풀밭이 어지럽게 돌아갔다. 간혹 송화가 뭐라 말을 걸었지만 발은 알아들을 수가 없었다. 건성으로 대답은 했어도 요란하게 말을 달리는 송화의 귀까지 들릴 리 만무했다.

작은 언덕을 하나 넘었다. 언덕을 넘으니 비탈이 다가왔다. 그 비탈에도 방목하는 많은 말들이 풀을 뜯고 있었다. 또 언덕을 넘었다. 작은 언덕은 연방 다가왔다. 얼마나 달렸을까. 시내가 다가왔다. 그러나 후후는 멈추지 않았다. 시내물이 튕겨 올라 빛살처럼 쏟아지면서 무지개를 만들었다.

"후후——"

송화는 신이 난 듯 소리를 질렀다. 무지개는 곧 사라지고 풀밭이, 풀밭을 지나 갈대밭을 얼마나 달렸을까.

"히잉히잉."

후후가 울어댔다.

발은 그제야 정신을 차릴 수 있었다. 송화는 들에 박아둔 말의 목줄을 풀었다. 후후가 앞발을 높이 쳐들었다. 그 바람에 발은 말에서 떨어졌다. 송화도 따라 떨어졌다. 둘은 엉켰다. 엉키면서 눈빛이 마주쳤다. 서로의 동공 속에는 아직 그 누구도 침범하지 않은 열여섯 사랑의 샘이 반짝이고 있었다.

누워 있는 그들 앞에는 길고 푸른 우발수 강물이 묵묵히 흐르고 있었다. 황갈색 갈대밭 위로 펼쳐진 북반구의 깊은 가을 하늘이 그대로 강물 속에 어려 같이 흐르고 있었다.

"여자를 사귀어 봤어?"

"없어."

"그럼 여태 뭘 했지?"

"관심이 없었어."

"책을 읽느라고?"

"그런 건 아니야. 하지만 책 속에 길이 있어."

"난 그런 데 관심이 없어."

"짐승처럼 죽이고 빼앗고 그것이 전부가 아니잖아?"

"우린 강해져야 해. 그렇지 않으면 우리가 죽게 돼."

"왜 서로 평화롭게 살지 못하지?"

"우리가 이기면 되는 거야."

"난 그런 싸움이 싫어."

"발은 고구려 사람이 아닌 것 같아. 저기 봐."

송화는 대화를 중단하고 하늘을 가리켰다. 한 무리의 새떼가 그들의 머리 위를 지나고 있었다. 기러기였다.

"남쪽으로 가고 있어."

"남쪽 나라?"

"응, 거기는 추위도 없고 싸움도 없어."

"나도 새처럼 날아 봤으면……."

송화는 눈을 감았다. 그녀는 새처럼 훨훨 나는 상상을 하고 있었다.

"살기 좋은 남쪽 나라, 나는 그런 곳에서 살고 싶어."

발이 조금은 섭섭한 듯 송화에게서 눈길을 돌려 남쪽 하늘을 바라보았다.

"우리가 그곳을 정복해 버리면 되잖아."

송화가 감았던 눈을 반짝였다.

"그곳 사람들은 싸움을 싫어해."

"아무렴, 싸움을 좋아하는 사람이 어디 있어?"

"하지만 그곳은 싸울 필요가 없어. 싸우지 않아도 모든 것이 풍족하거든."

"그럼 더 잘 됐네."

"뭐라고?"

"언젠가는 남쪽 반도도 우리 고구려 땅이 되어야 해."

또 한 무리의 새떼가 둘이 바라보는 하늘을 날아가고 있었다.

"계루의 여자들은 남자를 많이 사귀는 편이지?"

"그렇지 않아. 사실은 나도 너랑 같아. 하지만 이제는 남자를 사귈 나이가 됐다고 생각해."

송화는 별안간 발딱 일어났다. 그리곤 갈대밭 속으로 달려갔다. 발도 일어나 그녀의 뒤를 따랐다.

하지만 송화는 키 큰 갈대에 가려 보이지 않았다. 메마른 갈대들이 바람에 스스스 소리를 냈다. 북녘의 짧은 가을은 해가 조금 기울자 금세 쌀쌀해졌다. 발은 송화를 찾아 갈대를 이리저리 헤치며 나아갔다.

푸드득 푸드득.

놀란 새들이 연방 날아올랐다. 새들이 날아간 자리에는 새알들이 옹기종기 모여 있었다. 발은 알을 하나 집어 들었다. 따뜻했다. 볼에 가만히 문질러 봤다. 어디선가 청아한 새소리가 들려왔다. 그 새들이 날아가는 남쪽을 생각했다.

송화는 어디 갔을까. 발은 송화를 소리쳐 불렀다. 그의 소리
는 이내 갈대 바람 소리에 파묻혀 버렸다. 물기라곤 남아 있지
않은 갈대 잎이 따가웠다.

발은 지쳤다. 송화 찾기를 포기하고 후후가 있던 곳으로 되돌
아가려 했다. 하지만 보이는 것이라곤 온통 갈대밭이었다. 방향
을 잡을 수가 없었다. 걱정이 바람결처럼 밀려들었다.

"송화, 송화……."

발은 두 손으로 나팔을 만들어 소리쳤다. 그때였다. 송화가
그의 등 뒤에 가만히 나타나 덥석 눈을 가렸다. 발은 소스라치
게 놀랐다.

"하늘에서 내려온 선녀이신가?"

발은 능청을 떨었다.

"이 겁쟁이, 누가 모를 줄 알고."

송화가 발의 목을 껴안고 등에 업혔다. 발은 곧 송화를 바닥
에 눕히고 올라탔다.

"누가 겁쟁이인데?"

"누군 누구야."

"나?"

"그럼?"

송화는 발을 빤히 쳐다봤다. 그 눈빛은 화살보다도 매서웠다.
발은 현기증을 느꼈다.

“너, 가만 두지 않을 거다.”

“어디 한번 해 봐.”

발은 송화가 자신을 좋아하는 건지 비웃는 건지 알 수 없었지만 아무튼 좋았다. 발은 도톰한 송화의 입술을 자신의 입술로 찍어 눌렀다.

“이게 혼내 주는 거야.”

송화의 얼굴이 빨갛게 달아올랐다. 곧장 빨려들 것만 같은 송화의 눈길에서 발의 얼굴도 불꽃처럼 활활 타올랐다. 때마침 저만치서 후후의 울음소리가 들려와 둘은 서로에게서 눈을 뗄 수 있었다. 그렇고 보니 벌써 돌아갈 시간이 지났다.

“넌 너무 순진해.”

송화는 발에게 손을 내밀었다.

“송화, 너도 처음이지?”

송화는 대답 대신 고개를 끄떡였다. 발은 송화의 손을 끌면서 허리를 껴안았다. 송화가 입술을 내밀었다. 발은 뜨겁게 입술을 문질렀다.

“후후가 보고 있어.”

송화가 발을 가만히 밀어냈다.

“어때, 짐승인데…….”

발은 송화를 안고 한 바퀴 빙글 돌았다.

"늦었어."

"응, 벌써 해가 기우는 것 같아."

그 일이 있은 뒤, 발은 전처럼 방안에서 책만 읽고 있을 수가 없었다. 달콤했던 시간이 무지개처럼 아롱거려 울렁거리는 가슴은 터질 것만 같았다. 그러나 그날 송화의 행동을 보면 자신을 곧 찾아 주리라고는 기대를 할 수가 없었다.

발은 여러 차례 상가의 집 근처를 서성거렸지만 송화의 모습은 보이지 않았다. 눈만 감으면 송화의 얼굴이 떠올랐다. 나풀거리는 긴 머리카락, 깔깔대는 웃음, 달콤한 입술…….

발은 몇 번이고 자존심을 팽개치고 그녀의 집으로 용감하게 들어가려다가 그만 두곤 했다. 결국 그는 하인 편으로 한 편의 시를 송화에게 보냈다.

바람에 흩날리던 긴 머리
빛살에 바스러지던 맑은 웃음
우발수 강물보다 더 깊은 그대 눈빛
아, 아 사랑 모두 무지개인가

다음날 송화로부터 뜻밖의 답신이 왔다. 아무런 덧붙인 말도 없이 노새 같이 보잘것없는 말 한 마리만 보내왔을 뿐이었다.

"이래 봬도 혈통이 있는 훌륭한 말입니다. 곧 좋아하게 될 겁니다."

말을 끌고 온 상가댁 하인은 말을 끌고 온 연유는 말하지 않고 말 자랑만 늘어놓았다.

"다른 말[詞]은 없더냐?"

발은 하인에게 안타깝게 물었으나 하인은 그냥 말[馬]만 가리키고는 횅하니 가버렸다. 발은 몹시 실망했다. 도무지 정이 들지 않을 것 같은 말이었다. 자신이 고백한 사랑의 시에 대해 정중한 거절을 의미하는 것 같았다.

발은 가슴에 통증을 느낄 만큼 괴로웠다. 다음날 아침, 발은 그 말을 되돌려 주려고 마구간으로 갔다.

그러나 말은 마구간에 없었다. 그의 집 담장 밖 언덕 위 상수리나무에 묶여 있었다. 이미 노랗게 물든 상수리 나뭇잎이 눈송이처럼 떨어지고 있었다. 방금 지린산에서 솟아오른 정갈한 아침 햇살이 그 사이를 헤치고 있었다. 말은 바로 그 속에서 꼬리를 치고 있었다.

아, 저렇게 아름다울 수가!

말은 마치 햇살을 타고 승천하는 천마天馬 같았다. 길고 윤기 흐르는 꼬리는 끊임없이 햇살을 쳐올리고 있었다. 그는 눈이 부셨다. 정말 그렇게 아름다운 꼬리를 본 적이 없었다. 그제야 그는 송화의 뜻을 알 수 있었다.

그날 저녁 드디어 송화의 집을 찾아갔다. 아니나 다를까 송화는 발을 기다리고 있었다. 송화의 방은 온통 분홍빛으로 출렁거리는 자그마한 연못처럼 아름다웠다. 상가의 집에서는 맛있는 음식으로 그의 방문을 환영했다.

송화는 더욱 아름다웠다. 하얀 얼굴과 목은 추위를 이기기 위해 돼지기름을 바르는 여타 북방 여자들과 구별되는 듯싶었다. 둘은 음식상이 차려진 원형의 탁자 앞에 마주 앉았다.

달빛이 원형의 창을 넘어 들어왔다. 둥그런 보름달이었다. 그 보름달은 상가가 거처하는 지붕 위에 가까스로 떠올라 있었다. 술잔이 서너 순배 돌았다. 독한 머루주였다.

송화의 얼굴도 발의 얼굴도 발갛게 익어 있었다. 술잔에 찰랑이는 분홍 빛깔, 방안의 모든 분홍 빛깔이 술잔 속으로 모여들었다. 발은 그것이 사랑의 빛깔이라고 생각했다.

발이 조용히 시를 읊기 시작하자 송화는 공후箜篌를 끌어안고 뜯었다. 둘의 노래는 방안으로 쏟아지는 달빛을 타고 밖으로 창을 넘어 상가의 방까지 이어졌다.

"달빛이 고와."

송화는 찰랑이는 분홍 술잔을 비우고 다시 발에게 권하며 나직이 말했다. 발은 송화의 눈에 어린 보름달처럼 가득 찬 사랑을 느꼈다. 송화의 보조개가 조금씩 떨렸다. 그녀의 앞가슴도 조용히 뛰고 있었다. 말을 타던 그 용감한 계루 여성의 모습은 흔적도 찾을 수 없었다.

"정말 달보다 더 곱군."

발은 송화의 손을 슬며시 잡으며 달빛처럼 속삭였다. 송화의 웃음이 가늘게 피어올랐다.

"달을 맞힐 수는 없을까?"

발의 목소리가 바람에 흔들리는 달빛처럼 흔들렸다. 송화는 발의 손을 살며시 뿌리치고 벽에 걸어둔 활을 집어 들었다. 그리곤 달을 향하여 겨누었다. 맥궁이었다. 발은 화살촉에 번뜩이는 달빛을 보았다.

휙―

순식간에 달빛에 반짝이던 화살촉이 송화의 시위에서 튕겨나갔다. 그 순간 찍― 하는 외마디 소리가 지붕 쪽에서 들려왔다.

"쥐야."

송화는 담담하게 말했지만 방안에 고여 있던 분홍 빛깔은 순식간에 핏빛처럼 살벌해지고 말았다.

"쥐라고?"

발은 애써 태연한 척 천천히 술잔을 들이켰다.

"아마 가슴을 관통했을 것이야."

발이 생각하건데 송화는 그 따위 분홍빛 사랑에 별로 연연해

하는 것 같지 않았다. 말을 탄 송화를 처음 보았을 때처럼 얼떨 떨했다.

"쥐는 기분 나쁜 짐승이야, 그렇지?"

송화가 발의 가라앉은 기분을 만회하려는 듯 방긋 웃으면서 동의를 구했다.

"하지만 난, 달을 쏘는 줄 알았어."

발도 슬그머니 웃음을 띠었다.

"달은 고구려의 제일가는 명궁도 어려워."

"달 속에 비치는 것도 쥐 같은데?"

발은 그냥 멍하니 지붕 위의 달을 바라봤다. 달은 아까보다 훨씬 높이 솟아 있었다.

"아냐, 쥐를 잡아먹는 고양이래."

"그런데 정말 좋은 활이군."

"지난 생일 때 아버지께서 선물로 주신 거야. 어디 한번 쏴 볼래?"

"아, 아니."

발은 얼른 술잔으로 손을 가져갔다. 방안은 다시 분홍빛으로 물들었지만 분위기는 어색하기만 했다.

"가져."

송화는 발에게 그 맥궁을 내밀었다. 맥궁은 달빛에 반사되어 빛나고 있었다.

"고마워."

발은 활을 받아 한번 만져보고는 한쪽에 가만히 세워놓았다.

"별로 반갑지 않는 모양이구나."

"아니, 술이 독해서……."

"하지만 계루의 사내라면 활을 잘 쏴야 해. 이번 맞이굿 사냥 대회에서 그 활로 큰 놈을 잡아 봐. 누가 알아? 저녁 축제에서 나의 짝이 되어 결혼을 하게 될지."

송화는 다시 공후를 가슴에 안았다. 발은 결혼이라는 말에 가슴이 화끈거렸지만 얼굴엔 근심스런 빛이 스쳐 지나갔다.

"올해부터 나도 저녁 축제에 나갈 거야. 발이 사냥을 못하면 다른 남자와 어울리게 될 거야."

"다른 남자?"

"응."

호이? 그 힘이 세다는 사자使者의 아들…. 하지만 발은 그 말을 하지 않았다. 송화가 그런 말을 할 때 조금도 심각해 보이지 않았기 때문이었다.

"저녁 축제에 나가지 않으면 되잖아?"

"그건 우리 전통이야."

송화의 눈꼬리가 힘없이 처졌다.

"나도 이젠 열여섯이야. 여태까지 그 축제를 얼마나 동경했는지 몰라. 생각해 봐, 남녀가 어울려 흥겹게 춤도 추고……. 얼마나 신나는 일이니?"

"나는 그런 야만적이고 분별없는 짓이 싫어."

"왜 분별이 없고 야만적이야? 모르긴 해도 우리 계루 부족의 힘은 바로 그 축제에서 나온다고 생각해. 모든 사람들이 즐겁게 어울려 춤추고 노래 부르고 그러면서 동족의 끈끈한 유대를 다지는 건데."

"힘만 있다고 모든 것이 해결되지는 않아."

"동맹제가 없다고 생각해 봐. 우리는 무엇으로 살아가지?"

"하지만 왠지 나는 마음에 들지 않아. 틀림없이 다른 방법이 있을 거야."

"책도 좋지만 너도 이젠 무술을 익혀야 하고, 계루의 사내라면 맞이굿에도 적극적으로 참여해야 해."

발은 송화의 공후를 뜯으며 조용히 노래를 불렀다.

놀라놀라 노랑 새야
얼러얼러 잘도 논다
외로울싸 이내 몸은
어느 님과 함께 가나

"참 슬픈 노래야."

얼굴에 어려 있던 굳센 의지는 어느새 사라지고 분홍빛이 가득 고인 눈망울을 굴리며 송화는 달을 보고 있었다.

"너도 이 노래 좋아하나 보지?"

"응, 이 노래를 싫어하는 사람이 어디 있겠어."

송화의 얼굴이 다시 달빛처럼 가늘고 연하게 떨렸다. 송화가 말을 이었다.

"우리 부족 사람들이 이런 슬픈 노래를 좋아한다는 것이 이상해. 낮이면 멧돼지처럼 사납다가 밤이면 굴속에서 우는 연약한 여우같은 기질을 이해할 수가 없어."

"그게 좋지 않아? 뜨거울 때는 뜨겁게, 차가울 때는 차갑게……."

"지난번 읍루에 쳐들어가 많은 노획물을 약탈해 왔을 때 말이야. 나는 그날 저녁 분명히 보았어. 노래와 춤으로 그렇게 흥겨운 잔치를 벌이고 있던 사람들이 막판에 누군가가 부르던 이 노래에 모두 약해빠진 생쥐모양으로 눈물을 흘리잖아."

"우리도 약탈당했잖아?"

"아무튼 아버지는 그날 내게 이런 말을 했어. 계루 사람들은 낮과 밤을 위한 두 개의 얼굴을 가지고 있다고 말이야."

"송화, 난 네가 꼭 그런 것 같아."

"어떻게?"

송화는 발에게 바짝 다가앉아 그를 뚫어져라 보았다.

"음, 어떤 때는 사나운 적장 같기도 하고, 어떤 때는 선녀 같기도 하고……."

"그럼 지금은?"

"이 땅에 사는 사람 같지 않아. 아니, 이 세상에서 가장 예쁜 선녀."

"정말?"

송화의 눈에는 분홍빛 반짝이는 눈물방울 같은 것이 맺혔다. 그 속에는 발의 불타는 눈빛도 어려 있었다. 송화는 발의 어깨에 머리를 기댔다. 발의 손이 그녀의 어깨를 감싸 안았다.

"우리 언제까지나 이렇게 있어."

송화가 속삭였다.

"미미 정말 고마웠어."

"그래? 목장에서 내가 가장 좋아하던 말이야. 후후와 같은 날 태어났는데 몸집은 작아도 무척 총명한 녀석이야."

보름달은 벌써 중천으로 기울었다. 보름달처럼 둥그런 송화 방의 창이 어느 틈엔가 닫히자 그들만의 시간이 이어졌다.

발은 그해 맞이굿 사냥대회에 나가지 않았다. 그러나 송화는 저녁 축제에 나가 가장 인기 있는 여자로 소문이 자자했다. 발은 그러한 송화가 못마땅했지만 어쩔 수 없는 일이었다.

그리고 한 해가 지난 이번 사냥대회에는 발도 꼭 참석을 해야만 했다. 송화를 사자의 아들인 호이에게 뺏길 수는 없었기 때문이었다.

송화가 발을 사랑하는 것 같긴 했지만 호이와의 소문 또한 만만찮았다. 더구나 송화의 고구려 기질을 감안한다면 불안하기 짝이 없는 노릇이었다. 그래서 나름대로 말 타기와 활쏘기를 익혔지만 실력은 형편없었다.

둥 둥 둥······.

맞이굿 시작을 알리는 북소리가 온 골짝을 흔들었다.

"발, 결혼은 사랑만으로 이루어지는 것이 아니야. 우리의 풍습이 있잖아. 내가 토끼 한 마리도 제대로 잡지 못하는 졸장부에게 시집을 간다면, 아버지의 체면도 체면이지만 친지들의 질책을 감당하기 어려워. 제발 이번 사냥대회에 참석만이라도 해 줘. 나머진 내가 알아서 할 테니까. 부탁이야. 꼭······."

하인 편으로 전해온 송화의 서신은 간절했다. 송화의 속셈을 짐작하고 있는 터라 발은 자존심이 허락하지 않았다. 그러나 송화를 결코 놓칠 수는 없었다.

둥둥둥······.

제단에서 울려오는 북소리가 커지기 시작했다. 제단 앞 널따란 벌판으로 모여드는 말발굽 소리가 요란했다. 발은 미미의 안장에 매단 반들반들한 맥궁을 내려다보았다. 그리곤 곧장 제단 쪽으로 방향을 돌렸다.

노랗게 물든 제단 앞 벌판에는 부족 최고의 명절답게 벌써 많은 사람들이 모여 있었다. 말을 탄 장정들이 제각기 위엄을 과시하듯 붉고 긴 깃을 꽂은 솟갈을 쓰고 있었다. 형형색색의 옷을 차려 입은 아낙네들도 덩달아 들떠 있었다. 그렇게 들뜬 여자들의 손에는 노랑, 파랑, 빨강실이 달린 구슬들이 주인을 기다리고 있었다.

"발, 나와 줬구나, 이제 다른 건 걱정 마."

송화는 한껏 즐거운 표정을 짓고 있었지만 발은 그럴 수가 없었다.

"발, 수유산 오른쪽 기슭으로 가면 노루바위가 있고 커다란 상수리나무가 있을 거야. 그 나무만 잘 살펴. 그럼 모든 일이 잘 될 거야. 알았지?"

송화는 발에게 분홍 구슬을 달아 주었다. 송화의 손에는 풍습에 따라 여느 여자들처럼 발 외에 다른 남자들에게도 달아 줄 여러 개의 또 다른 구슬이 쥐어져 있었다. 미미의 안장에도 누가 달았는지 몇 개의 구슬이 더 달려 있었다.

발은 도대체 그 구슬이 싫었다. 하지만 풍습이기 때문에 어쩔 수 없었다. 여자들은 몇날 며칠 구슬을 만든다. 자신에게 찾아올 사랑을 빌며 아주 정성스레 구슬을 만든다. 그리고 구슬을 준비해 가서 마음에 드는 사내들에게 달아 주었다.

구슬을 주는 여자가 마음에 들든 그렇지 않든 사내들은 사냥의 행운을 빌어주는 그 구슬을 달갑게 받았다. 그리고 사냥이 끝나고 저녁 축제 때가 되면 젊은 남녀들은 각각 한 줄로 나란히 늘어서서 구슬을 던지고 받는 놀이를 했다. 구슬을 던지고 받으며 서로의 마음을 읽고 교감이 되는 짝을 찾는 것이었다.

그러나 항상 마지막엔 여자가 짝을 정했다. 남자가 던지는 구슬을 자신이 갖고, 다시 던져 주지 않으면 마음에 있다는 표시였다. 그 과정을 거치는 동안 점차 일대일의 관계로 결정지어지는 합리적인 선택 방법이라 할 수 있었다.

아침에 자신이 줬던 구슬로 남자가 구애를 해온다 해도 그날의 사냥 성적이 기대에 미치지 못하면 여자들은 마음을 바꾸어 버리기 일쑤였다. 그러니까 남자의 인기란 사냥이 곧 척도였다. 그런데도 대부분 사내들은 사냥을 떠나기 전에 구슬을 하나라도 더 받기 위해 이리저리 뛰어다녔다.

둥둥둥…….

굿의 시작을 알리는 북소리가 연이어 울렸다. 북소리와 함께 희고 노란 연기가 하늘로 치솟았다.

고구려 만세! 계루 만세!

벌판에 모여든 사람들이 일제히 만세를 불렀다. 소리는 우뚝 솟은 지린산 꼭대기까지 다다를 것 같았다.

둥, 둥. 짧은 북소리를 신호로 와자지껄하던 벌판은 일순간 소금을 뿌린 듯 조용해졌다. 상가가 두 팔을 높이 들었다. 그 옆에는 이 날을 축하하기 위해 서울인 환도성에서 온 왕의 동생인 태태형太太兄과 사자使者, 조의부衣, 선인先人들을 비롯한 원로들이 나란히 앉아 있었다.

상가가 쳐들었던 팔을 내리자 말 위에 올라타고 있던 모든 장정들이 말에서 내려왔고, 벌판에 있던 모든 사람들이 제단을 향해 무릎을 꿇었다. 육십을 넘긴 상가의 긴 머리카락이 아침 햇빛을 받아 유달리 하얗게 보였다.

이 굿을 위해 모든 부경(창고)을 열고, 보름이 지나도록 모든 부족 사람들이 마음껏 먹고 마실 수 있을 만큼 음식과 과일과 술을 제단 가득 차렸다. 제단 한 가운데는 부족 안에서 가장 큰 암소 머리와 황소 머리가 부족을 수호하듯 커다랗게 눈을 뜬 채 나란히 아래를 굽어보고 있었다.

소머리 앞에는 그 소의 발톱이 여덟 개씩 윤기가 흐르는 나무 쟁반에 각각 담겨져 있었다. 발톱은 점을 치는 물건이었다. 오른쪽 암소의 발톱은 부족의 연사풍흉年事豊씨을 점치는 것이고, 왼쪽 황소의 발톱은 죄수들을 즉결재판 하는데 쓰였다. 모든 범죄의 판결은 즉결재판이었으므로 감옥은 없었다.

둥둥…….

상가가 먼저 제단에 모신 여러 신들을 향해 절을 올렸다. 제단에는 시조 주몽을 모신 고등신高登神과 국모로 받드는 유화 부인의 부여신도 모셔져 있었다.

상가가 절을 마치자 단상의 모든 귀인들이 절을 올렸고 이어서 벌판의 모든 사람들이 절을 했다. 소원을 비는 사람들의 소리가 북 소리를 타고 하늘로 하늘로 승천하고 있었다.

그렇게 순서가 진행되는 동안에도 송화는 군중 가운데 있는 발의 모습을 놓치지 않으려고 애쓰며 사랑을 빌었다. 하지만 발은 송화의 사랑을 목말라 하면서도 자꾸만 가슴이 떨더름했다.

제의가 끝나자 장정들은 함성을 지르며 사냥터로 말을 몰았다. 발은 제각기 제운祭運을 빌며 힘차게 달려가는 여느 장정들과는 달리 패잔병처럼 기가 빠진 채 노루바위 근처로 갔다. 이곳저곳에서 짐승을 쫓는 소리가 골짝을 가득 메우고 있었다.

꽤 오랫동안 상수리나무 아래에선 아무 일도 일어나지 않았다. 발은 못마땅해 하면서도 초조하게 기다렸다. 얼마나 시간이 흘렀을까. 커다란 사슴 한 마리가 가슴팍 한가운데 화살을 맞은 채 나무 아래에서 쓰러졌다. 발이 가까이 다가갔을 때까지 사슴은 아직 가슴을 헐떡이고 있었다. 송화의 짓임에 분명했다.

발은 죽어가는 사슴을 바라볼 수 없었다. 더구나 그건 자신의 손으로 잡은 것이 아니었다. 발은 자신이 미웠다. 그래서 얼른 미미를 타고 계곡 아래로 내려갔다.

'사내는 어떤 경우에도 남을 속여서는 안 된다.'

아버지의 교훈이 귀에 쟁쟁거렸다. 그제야 결심이 섰다. 자신의 능력으로 사냥을 하고 싶었다.

'그래, 떳떳하게 사냥해 축제에 나가자.'

그러나 그날 발은 계곡이며 들판을 이리저리 뛰어다녔지만 결국 토끼 한 마리도 못 잡고 말았다. 벌써 날은 어두워졌고 발은 지쳤다. 하는 수없이 발은 빈손으로 제단에 돌아올 수밖에 없었다.

이미 흥청거리는 악기와 노래 소리 속에 여기저기서 불길이 솟아오르고 고기 굽는 냄새가 가득 했다.

송화는 발을 초조하게 기다렸다. 그러나 빈손으로 돌아오는 그를 보자 송화는 실망에 찬 눈으로 그를 쏘아보았다.

"이제 너와의 관계는 끝났어!"

"송화, 내 양심을 속일 수 없었어. 사랑은 너와 나의 일이야. 나는 오늘 저녁 너에게 정식으로 청혼하겠어. 우리 계루족의 사내답게 떳떳하게 말이야. 그리고 앞으로 무예도 배우겠어."

"결혼은 사랑으로만 되는 것이 아니라고 했잖아!"

"송화, 난 양심을 속일 수 없어."

"그까짓 양심이 나보단 중요하다 말이지."

"그건 비겁한 짓이야."

"누구나 자기 힘만으로 사냥을 하는 건 아냐. 많이 잡는 게 제

일이니까. 어떻게 하든 전쟁에서는 이기고 봐야 해. 지는 것은 죽음이고 그 다음이 없어."

"난 그럴 순 없어."

"이젠 끝이야. 날 아는 척 하지도 마."

송화는 울면서 가버렸지만 저녁 축제는 무르익어 갔다. 남녀 노소 할 것 없이 여기저기 피워 둔 모닥불에 둘러앉아 술과 노래와 춤으로 흥청거렸다.

발도 술을 많이 마셨다. 악사들이 흥겨운 음악을 연주하기 시작하자 사람들은 커다란 원무를 만들었다. 상가 옆에 앉아 있던 키가 큰 한 원로가 일어났다. 음악이 중단됐다. 모두가 손뼉을 치며 소리를 질렀다.

"자, 이제 모두가 기다리고 기다리던 차례가 왔습니다. 남자분들은 아침에 받았던 행운의 구슬 주인을 찾아 구슬을 던져 보시오. 여성들은 더욱 더 요염한 자세로 남성을 기다리고 남성은 대담하고 씩씩하게 짝을 찾는 시간입니다. 그럼 오늘 사냥대회에 가장 큰 수확을 올린 호의 장군의 짝은 누가 될까요?"

손뼉이 요란하게 터졌다. 악사들이 손뼉소리를 고무시키며 음악을 연주했다. 자신만만한 호의가 가운데로 나와 천천히 구슬을 돌리며 춤을 췄다.

발의 속은 부글부글 끓어올랐다. 모든 여자들이 숨을 죽인 채 손을 내밀었고 호이는 참으로 거만해 보였다. 그는 거들먹거리며 구슬을 송화에게 던졌다. 아, 발은 차라리 눈을 가리고 귀를 막았다. 또 한 번의 손뼉이 터졌다.

그러나 송화의 태도는 의외였다. 송화는 받은 구슬을 호이에게 되던져 버렸던 것이다.

송화의 뜻밖의 행동에 다들 술렁거렸다. 발의 손에는 눈물 같은 땀이 쥐어졌다. 하지만 호이도 대단했다. 대수롭지 않게 웃음을 머금고는 다른 여자에게 구슬을 던졌다. 다시 요란한 박수 소리가 터져 나왔다.

"다음은 누가 할까요? 용기 있는 사람 차례입니다."

그때였다. 거나하게 술이 취한 발이 한가운데로 걸어 나갔다. 사람들은 토끼 한 마리도 못 잡는 주제에 튀어 나온다고 웃었다. 그러나 발은 아무래도 좋았다. 발이 악사에게 다가가 무엇인가를 부탁할 때까지 웃음은 계속됐다.

곧이어 악사의 연주에 맞추어 발의 노래가 시작됐다. 발은 처량한 목소리로 비련의 노래를 불렀다. 좌중은 이내 숙연해졌다. 고구려 최고 장수의 칼날보다 날카롭게 자신을 비웃던 사람들의 심금을 도려내고 있었다.

놀라놀라 노랑 새야
얼러얼러 잘도 논다

외로울싸 이내 몸은
어느 님과 함께 가나

발의 노래 소리는 늦가을 바람에 흔들리는 갈대보다 처량했다. 발은 하늘을 보았다. 그의 눈에서도 송화의 얼굴에서도 눈물이 흐르고 있었다. 그날따라 하늘에는 유난히도 많은 별들이 반짝거렸다.

발은 생각했다. 사랑은 별처럼 아름다우면서도 언제나 손에 닿을 수 없는 하늘 저 멀리서만 빛나고 있다고. 발은 자신의 손에 쥐어진 분홍 구슬을 그 별을 향해 힘차게 던졌다.

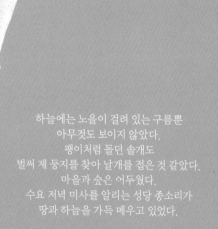

하늘에는 노을이 걸려 있는 구름뿐
아무것도 보이지 않았다.
팽이처럼 돌던 솔개도
벌써 제 둥지를 찾아 날개를 접은 것 같았다.
마을과 숲은 어두웠다.
수요 저녁 미사를 알리는 성당 종소리가
땅과 하늘을 가득 메우고 있었다.

산 너머 포구

뱃고동 소리가 마을의 정적을 흔들고 있었다. 그 소리는 하오 두 시가 되면 어김없이 산 너머 포구에서 울려왔다. 하늘은 바다 빛으로 높았고 그 하늘과 맞닿아 있는 뒷산의 단풍 행렬은 이미 산 아래까지 내려와 있었다.

달이는 뱃고동 소리가 끝날 무렵 집을 빠져나와 성당 뒤뜰까지 단숨에 뛰어갔다. 다른 아이들 같았으면 오 분도 채 걸리지 않을 거리였지만, 소아마비인 그는 몇 갑절이나 시간을 끌었다. 허리끈이 풀려 바지가 흘러 내려 가는데도 마냥 뛰었다. 성당 뒤뜰을 지나면 공동묘지가 있었고, 비탈진 숲은 그 뒤쪽에 있었다.

달이는 울타리 앞 풀밭에 누워 목구멍까지 차올랐던 가쁜 숨을 내몰았다. 헐떡이던 가슴이 잦아지면서 마른 풀 냄새가 코 속을 비집고 들어왔다. 뛰어오는 중에는 그의 염려와는 달리 아무도 보이지 않았다.

그러나 아이들이 구구단을 외우는 소리는 학교에서부터 뒤를 줄곧 따라왔다. 공부하고 싶은 마음을 누르지 못해 학교를 기웃거릴 때면 그 소리는 으레 저학년 가교사에서 들려왔다.

학교는 전쟁 때 불타버린 교실이 아직 복구가 되지 않아 흙벽돌로 지은 가교사가 대부분이었다. 그래도 거기서 들려오는 아이들의 구구단 외는 소리는 함석지붕에 내리치는 소나기 소리보다 힘이 차 있었다. 그는 가교사 뒤에 숨어 구구단을 가만히 따라 외곤 했다.

'구 칠이 육십 삼, 구 팔이 칠십 이, 구구는 팔십 일, 꼬꾸댁 꼬꾸댁 팔십 한 마리, 히히히……'

그때마다 괜스레 웃음이 뒤따라 나왔다. 아니 곧이어 눈물이 찔끔거렸다. 닭장에서 닭 모이를 주면서 구구단을 외는 아이들을 부러워했다.

'그까짓 구구단이 무엇이라고. 닭 모이를 줄 때 닭을 부르는 소리가 아니냐.'

그는 스스로를 위로하면서 페인트가 거의 벗겨져 보기가 흉한 널판 나무 울타리를 쉽게 넘었다.

오랫동안 손질을 하지 않아서인지 잡초가 자라나 울타리와 키 재기를 하고 있었고, 군데군데 어울리지 않는 장미 넝쿨까지 엉켜 한층 을씨년스러웠다. 그의 방에서 빤히 내다보이는 우체국 사택 울타리에도 장미 넝쿨이 얽혀 있었다.

아담한 일본식 건물의 우체국 사택을 사람들은 장미집이라고 했다. 그 집에는 정말 장미를 닮은 달이 또래의 계집아이가 살고 있었다. 하지만 달이는 그 계집아이와 한 번도 이야기를 나눈 적이 없었다.

그는 언제 보아도 빈집 같던 그 장미집의 계집아이를 생각하며 공동묘지를 지나 숲으로 들어갔다. 스스스. 나뭇잎을 스치는 바람이 꽤 스산하게 불고 있었으므로 잔뜩 겁을 먹기 시작했다. 아이들의 노는 소리는 숲까지 따라와 있었다. 그 소리는 어디에도 있었다. 특히 쉬는 시간이면 일없는 날 정미소에 모여든 참새 떼처럼 재잘거렸다.

그러나 숲은 적막했다. 아니 으스스했다. 그 적막이 소름끼쳤다. 금방이라도 소문처럼 무엇인가 불쑥 나타날 것만 같아 그는 숨을 죽여 가며 발을 내딛었다.

앞으로 앞으로 나아갈 때마다 죽어 있던 숲의 소문들이 꼬리를 물고 살아났다. 전쟁 때 죽은 군인들의 시체가 가득 묻혀 있다는 숲, 그들 중 일부가 목이 없는 채 배회한다는······.

숲 속으로 숲 속으로 들어갈수록 소문은 소리를 죽이며 살아났다. 달이는 자신의 뒤를 따라오는 꽤 규칙적인 소리에 신경을 곤두세우고 있었다.

'목이 없는 군인일지도 몰라.'

감히 뒤돌아서 소리의 주인공을 확인할 용기는 없었다. 다행스럽게도 햇살이 곧장 떨어져 내리는 나뭇잎에 조금씩 묻어 있어 앞으로 앞으로 나아갈 수 있었다.

빛이 없는 숲은 얼마나 적막할까.

그는 잠시 걸음을 멈추고 하늘을 올려다봤다. 주로 잡목들로 우거진 숲에서의 하늘은 울긋불긋한 단풍잎 사이에서 간신히 모습을 나타낼 뿐 여느 하늘처럼 탁 트여 있지 않았다. 그래도 간간이 하늘을 올려다본다는 것은 이런 모험에서는 꽤 중요한 일이었다.

마을 사람들은 그 숲을 꺼려했다. 간혹 아이들 가운데 숲에 갔다 왔다는 허풍쟁이가 있었지만 고작해야 성당 울타리를 겨우 넘었을 정도였다. 아마 이내 나타나는 으스스한 숲을 보고는 금방 발길을 돌렸을 것이다.

때때로 병정놀이하는 아이들 가운데 궁지에 몰리면 성당 뒤뜰 울타리를 넘는 경우가 있었으나 나지막한 울타리를 그 누구도 섣불리 넘으려 하지 않았다.

하지만 그는 여러 차례 그 울타리를 넘었고, 숲을 지나 산꼭대기까지 갔다. 그래도 아무에게도 자랑하지 않았다. 그도 그럴 것이 이야기할 수 있는 친구가 없었고, 아버지가 아는 날에는 심한 매질을 당할 것이 뻔했기 때문이었다.

그가 절룩이는 걸음으로 숲을 오르고 있을 때 아이들이 내는 소리는 이미 학교에서 돌아와 마을 골목에 가득 모여 있었다. 조심스럽게 나아가던 그의 발 앞에 제멋대로 엉켜진 나무줄기들이 길을 막았다. 낫이라도 있었으면 했지만 소용없었다. 어머니가 토끼풀을 뜯으러 갈 때 쓰는 낫은 항상 토끼 집 그 높은 곳에 있었다.

간혹 그가 나무통을 받치고 그 낫자루에 손이라도 닿을라치면 어머니에게 심한 꾸중을 들었다. 그는 어머니가 무서웠고 싫었다. 어머니는 집을 나간 지 한 해가 넘었고 토끼 집에는 토끼가 한 마리도 없었다.

그는 어머니가 산 너머 포구에 살고 있다는 사실을 알고 있었지만 아버지에게는 말하지 않았다. 아버지가 안다면 그냥 두지 않을 것 같았기 때문이었다. 아버지는 술만 먹으면 어머니를 두들겨 팼다.

달이는 포구에 있는 어머니 얼굴을 떠올리며 손으로 나무줄기를 꺾었다. 손가락처럼 가는 줄기일지라도 어린 그의 힘으로는 쉽지 않았다. 그래서 그는 곧 단념하고 적당히 젖히며 나아갔다. 그러나 몇 걸음 나아가지 않아서 또 길이 막혔다. 그때 문득 물큰한 것이 밟혀 움찔했다.

낙엽들이 썩은 것일까. 군인들의 시체일까.

얼른 발을 옮겨 디뎠지만 등골이 오싹했다. 언뜻 스쳐 지나가는 바람결 따라 무서운 이야기들이 떠올랐다가 사라졌다. 숲 속의 소문들은 마을에서 들려오는 아이들의 노는 소리처럼 숲의 적막이 되어버렸고, 그 적막은 이마에 맺혀 있는 땀방울처럼 고여 있었다.

하늘을 올려다봤다. 모든 것이 낯설고 무서웠으나 하늘만은 본래 그 하늘이었다. 곧 돌아서서 다른 길을 찾아야 했지만 그럴 용기는 없었다. 어쨌든 넝쿨처럼 우거진 나무줄기 사이를 빠져나가야 했다.

그는 두 손으로 줄기를 힘껏 젖힌 다음 들소처럼 힘을 앞쪽으로 쏟았다. 그러나 나무줄기들이 팽팽하게 버티고 있었다. 어머니의 매 앞에 선 것처럼 짧고 가늘게 아찔한 두려움 같은 것이 몰려 왔다.

그가 교리 책을 읽다가 답답해 방을 뛰쳐나오면 어머니는 어느 틈엔가 뒤쫓아 왔다. 광신자인 어머니는 그가 다리 병신이된 것은 마귀가 들렸기 때문이라고 했다. 어머니는 틈만 나면 그의 다리를 부여잡고 기도를 했다.

한때 달이도 어머니의 기도 덕분에 튼튼한 다리를 가지게 될것이라고 기대를 했던 적이 있었다. 그는 언제나 방안에 갇혀서 교리 책을 읽거나 사도신경을 외워야 했다. 하기야 밖을 나가봤자 아이들의 놀림감만 될 뿐이었다.

쩔룩쩔룩 쩔룩빼이—

아이늘은 달이가 골목에 나타나면 그렇게 놀려댔다. 그가 학교에 입학했을 때였다. 가슴에 손수건을 단 일 학년 신입생들과 함께 병아리 떼처럼 줄지어 선생님의 뒤를 따라 운동장을 돌고 있었다. 걸음걸이가 불편한 그로서는 당연히 대열에서 뒤쳐질 수밖에 없었다. 아이들은 그런 그를 그냥 내버려두지 않았다.

절룩절룩…….

그는 놀려대는 아이들이 무서워 학교에 갈 수가 없었다. 어머니는 학교에 가지 않으려는 그를 거의 울다시피 끌고 다녔지만 결국 일 학년도 마치지 못했다. 그로부터 그는 그의 작은 방에 갇히고 말았다.

그의 방에는 서쪽으로 난 조그마한 창이 하나 있었다. 그 창에는 항상 뾰족한 성당의 첨탑이 그림처럼 어려 있었다. 때때로 그는 창 너머로 보이는 성당 첨탑이 너무 답답해 그림을 그리며 무료함을 달랬다. 십자형의 첨탑을 동그랗게 그리기도 했고 토끼 귀나 닭의 벼슬을 그리기도 하며 혼자 웃기도 했다.

어쩌다가 까치발로 창을 내다보면 건너편에 자리한 장미집이 한 눈에 들어왔다. 장미가 피는 시절이면 그 집은 흡사 백설 공주가 사는 집 같아 보였다. 그래도 그에게 그 방은 너무 답답했다.

서산으로 해가 기울 무렵이면 그 창으로 햇살이 기어 들어왔다. 햇살은 성당 첨탑 그 높은 곳을 기어오르고 다시 그의 창을 넘어와 건너편 벽에 걸려 있는 성모 마리아 얼굴을 비췄다. 햇살은 죽어 있던 방안의 시간들을 몰아냈다. 그래서 그는 하루 내

내 그때만을 기다리며 지냈다.

그는 집을 빠져 나와 햇살을 따라 뒷산에 올라갔다. 무서운 숲이었지만 그곳을 지나 산꼭대기에 오르면 어머니가 있는 포구의 앞 바다가 보였다. 어머니가 밉고 싫었지만, 보고 싶었다.

달이는 고개를 잘래잘래 흔들었다. 어머니의 얼굴이 하얗게 부셔지는 햇살과 함께 어른거렸다. 뒤따라오던 누군가가 자신의 엉덩이를 덥석 잡을 것만 같아 잔뜩 겁이 났다. 그래서 더욱 힘을 쏟아 빠져나가려 애를 썼다. 숲의 정적이 흔들리기 시작했고, 빛이 흔들렸고, 소리와 가을이 흔들렸다.

서둘러야 했다. 젖 먹은 힘을 다해 앞쪽으로 용을 썼다. 다행히 상체는 빠져나갔는데 몇 가닥 줄기가 허리에 걸려 꼼짝할 수가 없었다. 남들이 봤으면 우스운 꼴이었겠지만 그는 정말 울고 싶었다.

버둥거리기를 포기한 채 그는 가만히 생각했다. 그러다가 혼자 피식피식 웃기 시작했다. 그에게 있어서 웃음은 낯설기 그지없었다. 아이들의 웃음은 지렁이 등살에 쬐는 햇살보다 싫었다.

밖으로 나가면 가장 먼저 부딪치는 것이 바로 그 웃음이었기 때문이었다. 학교 운동장 구석에도 집으로 오는 골목에도 웃음은 그를 늘 기다리고 있었다.

디딜방아처럼 걸려 있는 그의 귀에 병정놀이를 하는 아이들의 소리가 쟁쟁거렸다. 병정놀이는 꽤 흥미 있는 것이었다. 아이들이 학교에서 돌아오면 줄곧 하는 그 놀이를 무척 하고 싶었지만 그는 한 번도 그 속에 끼지 못했다. 언제나 자신의 자그마한 창으로 지켜볼 뿐이었다.

그건 아직 학교에도 들지 않는 꼬맹이부터 벌써 코밑이 가무스름한 중학생까지 대부분의 마을 아이들이 참가하는 놀이였다. 편은 주로 마을 한가운데를 가로 지른 신작로를 중심으로 윗동네와 아랫동네로 갈렸다. 윗동네는 성당과 은행나무가 있었고, 아랫동네에는 제재소와 꿀밤나무가 있었다. 꿀밤나무와 은행나무는 마을 어디에서도 보이는 커다란 나무였다.

그는 얼마동안을 디딜방아처럼 더 버둥거린 뒤에야 간신히 그곳을 빠져나올 수 있었다. 하지만 신발 한쪽이 나무줄기 뒤쪽으로 떨어져버렸다.

아찔했다. 하마터면 신발 때문에 뒤를 돌아다 볼 뻔했다. 뒤돌아보는 순간, 목 없는 군인과 마주칠 것이라는 상상은 정말 소름끼치는 일이었다.

집에 가면 없어진 신발 한쪽에 대한 아버지의 추궁이 매섭게 시작될 것이지만 어쩔 수 없었다. 뒤따라오던 누군가가 그 신발을 주워들고 히죽히죽 웃고 있을 것만 같았다.

그는 다시 겁이 났다. 사각사각 발에 밟히는 낙엽소리가 숲의 정적을 흔들고 있었다. 그 소리는 정말 간사스러웠다. 그래서 소리를 될 수 있는 대로 줄이려고 사뿐사뿐 발을 디뎠다. 그래도 소리는 여전했다.

그는 두 손으로 귀를 움켜잡았다. 소리는 죽지 않다. 신발이 벗겨진 발바닥에 따가운 것이 찔려왔지만 개의치 않았다. 그는 비탈을 계속해서 올라갔다.

휴우—

그의 긴 한숨은 묘하게도 그 숲을 막 벗어남과 동시에 터져나왔다. 한숨뿐이 아니었다. 야윈 얼굴에 조심스럽게 맺혀 있던 땀방울들도 한꺼번에 흘러내렸다. 그는 코를 훔칠 때처럼 소매로 땀을 아무렇게나 닦았다.

뒤를 밟고 있는 것이 누구일까.

그는 뒤를 따라오던 소리에 대해 감히 여유를 가져 봤다. 그러나 확인할 용기는 없었다. 고개를 들어 위를 봤다. 아직 산꼭대기는 보이지 않았다. 구름들이 듬성듬성 흘러가고 있었다. 마을에서 그렇게 또렷이 보이던 산꼭대기는 산을 오를수록 더욱 보기 힘들었다.

병정놀이가 잠시 소강상태에 빠진 마을에는 아이들의 소리 대신 윙윙거리는 제재소 톱 소리가 골목을 가득 메우고 있었다.

주벽이 심한 아버지가 제재소에서 집으로 돌아오면 언제나 옷자락에 톱밥과 톱 소리가 가득 묻어 있었다. 어머니는 술과 톱밥으로 범벅이 된 아버지의 겉옷을 대문 밖에서 팔팔 털었다. 마귀를 내쫓는다는 것이었다.

"미친 여자야."

술에 취한 아버지는 어머니에게 심한 욕설을 퍼부었다. 그렇게 해서 시작된 부부싸움은 어느 한날이고 그냥 지나치는 법이 없었다.

무서운 숲이 끝나면 벌써 산 중턱이었다. 바다 빛 하늘은 한층 높았고 햇살은 달이가 있는 곳보다 훨씬 위쪽에 있었다. 그는 비로소 없어진 신발 한쪽을 걱정하기 시작했다.

'소망을 가지고 기뻐하며 환난 속에 참으며……'

성경 구절을 중얼거리며 산 위로 산 위로 거북이처럼 기어올랐다. 중턱은 언제 일어났는지 알 수 없는 산사태로 벌건 속살을 드러내고 있었지만 곧 골이 가파른 숲으로 이어졌다. 하지만 거기서부터는 곧게 자란 참나무 숲이어서 오르기가 훨씬 쉬웠다. 무엇보다 탁 트인 시야 덕분에 그리 무섭지 않아 좋았다.

전에는 참나무 숲에도 제법 널따란 길이 있었고, 저만큼 산 아래쪽에는 숯을 굽는 공장까지 있었다지만 이미 토끼길이 되어버린 지 오래되었고, 그 토끼길 조차 형체가 뚜렷하지 않았다. 차라리 아무렇게나 올라가는 편이 쉬웠다.

시간이 꽤 흘렀다. 마을에서 생각한 것보다 항상 시간이 많이 걸렸다. 마을에서 보면 햇살이 마지막으로 머무는 산꼭대기는 빤히 닿을 듯한 거리였다. 달이는 가쁜 숨을 몰아쉬면서도 올라가기를 멈추지 않았다.

길이 또 없어졌다. 그는 마른 나무 둥치를 잡고 몸을 끌어 올렸다. 하지만 잡았던 나무 가지가 뭉개지면서 미끄러져 내렸다. 삭정이가 얼굴을 할퀴며 지나갔다. 그 틈에 놀란 토끼가 후다닥 앞을 가로질렀다. 정말 놀란 것은 토끼가 아니라 그였다. 그의 얼굴에서 피가 흘렀다.

씨이—

달이는 미끄러지는 데까지 미끄러지게 아무런 동작을 취하지 않았다. 그러나 미끄러지던 몸이 또 다른 나무 등걸에 걸렸다. 마을에서 아이들 노는 소리가 달려왔다. 그는 언제까지고 그렇게 있고 싶었지만 서둘러야 했다.

다시 숲을 오르고 있을 때 또 다른 토끼가 앞을 스쳐갔다. 숲에서는 흔한 일이었지만 그때마다 흠칫 놀라 뒤로 주춤거렸다.

'혹시 뒤따라오던 것은 토끼가 아니었을까.'

그는 고개를 흔들었다. 마을 아이들의 이병移兵놀이는 무르익어 가고 있었다. 그는 윗동네 아이들의 작전을 잘 알고 있었다. 그들의 작전은 주로 그의 자그마한 창 아래에서 행해졌다.

그곳은 참으로 외지기 때문에 아랫동네 아이들에게 쉽사리 발각되지 않는 곳이었다. 그들이 많이 쓰는 작전은 꼬맹이 한둘로 하여금 반대 방향에서 유인시킨 다음, 적의 빈 진지를 공격하는 것이었다. 늘 써먹는 작전이었지만 아랫동네 아이들은 번번이 당했다.

꼭대기를 향해 기어오르는 그의 앞으로 바람이 불 때마다 우두두 꿀밤들이 떨어졌다. 그 꿀밤 가운데 한두 개가 이마에 명중하기도 했다. 그는 굵은 꿀밤 몇 개를 주워 호주머니에 넣었다. 꿀밤은 무료한 그가 방에서 팽이놀이를 하기에 안성맞춤이었다.

마을의 장터 한가운데 있는 꿀밤나무는 숲의 나무들과는 비교가 되지 않을 만큼 큰 나무였다. 장날이면 약장수들이 그 나무에 확성기를 걸어놓고 종일토록 떠들어댔다. 약장수들은 원숭이의 묘기도 보이고 마술도 해서 언제나 사람들이 모여들었다. 장이 서지 않는 날이면 질이 나쁜 아이들이 나무에 올라가 담배도 피우고 오줌을 아래로 갈기기도 하면서 시시덕거렸다.

그 꿀밤나무 옆으로는 주막이 여러 채 늘어서 있었고, 거기서 어른 걸음으로 스무 번 못 미치는 곳에 아버지가 다니는 제재소가 있었다. 제재소 일을 끝낸 아버지는 항상 그 주막에 들렀다. 그가 간혹 술 취한 아버지를 찾으러 꿀밤나무 근처에 가면 성당에 불만이 많은 아버지는 나무 아래 누워 사도신경을 장난스레 중얼거리고 있었다. 그 때마다 옷 하나는 벗겨져 있었고 때로는 바지가 벗겨져 부끄러운 부분이 드러나 있기도 했다. 아이들은 약장수 구경하듯 몰려서 시시덕거렸다. 그럴 때면 어디서 용기가 솟는지 아이들을 밀치고 아버지를 일으켜 집으로 왔다. 아이들의 놀림 소리는 집까지 집요하게 따라왔다.

"그래, 나는 병신이다―."

참나무 숲을 막 벗어나자 그는 여태 참았던 소리를 냅다 질렀다. 그때 한 마리 꿩이 날아올랐다. 그 꿩이 날아간 하늘을 봤다. 꿩은 금세 사라지고 머리만 어지러웠다. 꿩 때문일까. 별안간 탁 트인 산꼭대기의 민두렁한 풀밭 탓일까. 이내 시장기가 겹쳐왔다.

"너희를 박해하는 자들을 축복하라―."

달이는 또다시 소리를 질렀다. 그 소리는 저만큼 산 아래서 불어오는 바람이 앗아가 버렸다. 그는 뛰기 시작했다. 큰 바위, 마을에서 보면 흡사 마귀할멈 같이 생긴 바위였다. 그러나 가까이서 보면 왕모래 더미 위에 올려져 있는 순해빠진 바위일 뿐이었다.

달이는 절룩이는 걸음으로 바위까지 뛰면서 처음으로 뒤돌아봤고 남은 한쪽 신발마저 벗어 산 아래로 던져 버렸다. 역시 아무도 따라오지 않았다.

몇 번이고 넘어졌지만 줄곧 뛰면서 참았던 소리를 냅다 질렀다. 마을에서는 질러볼 수 없는 소리였다. 그는 가교사 뒤에 숨에서 구구단을 따라 욀 때처럼 눈물을 찔끔거렸다.

　바람에 흔들리는 잡초뿐인 산꼭대기는 황량했다. 바위 밑 풀밭에 팔베개를 하고 누웠다. 산을 오르면 흥건했던 땀과 무서운 이야기들이 어느 틈엔가 사라지고 없었다. 그렇게 싫어하던 마을도 산 위에서는 아름답게 보였다.

　마을에서는 아이들의 병정놀이가 절정에 달한 것 같았다. 햇살은 이미 마을을 벗어나 산꼭대기에만 남아 있었다. 그곳에 누워 발 아래로 마을과 숲을 보고 있으니 마음에 가득 차 있던 상처들이 씻은 듯이 사라지는 것 같았다.

　바람에 흔들리는 산꼭대기 풀잎들이 호수의 수면처럼 갈색의 물결로 일렁였다. 그가 지나온 산등성이의 단풍 숲도 조금씩 흔들리고 있었다. 발갛게 노을 지는 하늘 높은 곳에서 사냥감을 찾지 못한 솔개 한 마리가 그를 보고 있는 것 같았다.

　온 세상이 그의 눈 속으로 들어왔다. 그것은 조용한 풍경화였다. 그곳에서 보는 마을의 집들이란 모두 장난감처럼 다정했다. 빨간 지붕의 성당과 첨탑, 일본식 건물의 우체국과 면사무소, 아이들이 다니는 학교, 늘 시끄러운 제재소와 정미소를 빼면 모두 성냥갑처럼 작았다.

　그는 성당 근처에 있는 은행나무와 장미집, 그리고 초가지붕인 그의 집을 쉽게 찾았다. 작은 마당가에는 우물이 있고, 우물 옆에는 앵두나무가 두 그루 서 있으며, 구구단을 생각하며 모이를 주던 닭장이 있다.

닭장 속에는 며칠 전부터 알을 낳기 시작하는 암탉 한 마리와 벼슬이 유난히도 붉은 장닭이 여러 마리 있었으나 닭장 속까지는 볼 수가 없었다. 그는 집을 나올 때 비실비실하던 장닭 한 마리가 걱정이 됐다.

아이들의 소리가 장터 근처에서 들려왔다. 아랫동네 아이들이 또 몰리고 있었다. 그들이 불리하면 그곳에서 소리가 났다. 아닌 게 아니라 송사리 떼처럼 쫓아다니는 윗동네 아이들의 모습이 그의 눈 속으로 들어왔다.

곧이어 소탕작전의 긴 신호가 마을을 가로질렀다. 윗동네 아이들의 소탕작전은 장터 하수구에서 시작됐다. 그곳은 궁지에 몰린 아랫동네 아이들이 자주 이용하던 곳이었다.

달이는 결과가 뻔한 마을 상황을 접어두고 그만 일어났다. 그리곤 바위 위로 올라갔다. 짙은 잉크 빛 포구 앞 바다가 섬 사이에서 모습을 나타냈다. 하지만 포구는 여전히 섬에 가려 보이지 않았다. 막 기우는 햇살이 그의 눈가에서 이슬처럼 반짝였다.

야호ㅡ, 그는 손나팔을 하고 소리를 쳤다. 그러나 소리는 바다까지 가지 못하고 되돌아왔다.

"구칠이 육십삼, 구팔이 칠십 이, 구구는 팔십 일, 꼬꼬댁 꼬꼬댁 발십 한 마리, 히히히……."

그는 웃음이 났고 곧이어 눈물을 찔끔거렸다.

닭벼슬 만하던 늦가을 짧은 해가 결국 꼴깍 넘어가 버렸다. 해가 진 서쪽 하늘은 발갛게 타고 있었지만 바다의 모습은 점차 저녁 어스름에 흡수되어 버렸다. 서늘한 바람이 가슴을 파고들었다. 추위를 느끼기 시작했다. 벌써 돌아갈 시간이 지났다.

소탕작전을 끝낸 윗동네 아이들이 만세를 부르고 있었다. 어느덧 제재소 톱 소리도 들리지 않았다. 아버지가 몸 여러 곳에 묻어 있는 톱밥을 털며 투덜투덜 걸어 나오는 제재소 커다란 대문으로 내일 켤 나무를 실은 트럭이 들어가고 있었다.

하늘에는 노을이 걸려 있는 구름뿐 아무것도 보이지 않았다. 팽이처럼 돌던 솔개도 벌써 제 둥지를 찾아 날개를 접은 것 같았다. 마을과 숲은 어두웠다. 수요 저녁 미사를 알리는 성당 종소리가 땅과 하늘을 가득 메우고 있었다. 하지만 아버지는 불빛이 밝은 주막에서 언성을 높이기 시작했다.

달이는 마을로 돌아갈 걱정을 하지 않았다. 아니 마을이 싫었다. 그는 바위에서 내려와 풀밭 옆 바위 틈새에 쪼그리고 앉았다. 점점 빛을 잃어가는 서쪽 하늘의 노을 탓인지 시장기와 피곤이 꿈결처럼 몰려오고 있었다.

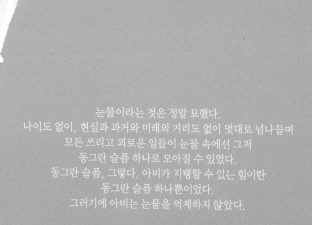

눈물이라는 것은 정말 묘했다.
나이도 없이, 현실과 과거와 미래의 거리도 없이 멋대로 넘나들며
모든 쓰리고 괴로운 일들이 눈물 속에선 그저
동그란 슬픔 하나로 모아질 수 있었다.
동그란 슬픔, 그렇다. 아비가 지탱할 수 있는 힘이란
동그란 슬픔 하나뿐이었다.
그러기에 아비는 눈물을 억제하지 않았다.

굴뚝새

에— 에에-에.

굴뚝새 소리는 희뿌연 황사바람을 타고 마을로 퍼쳐갔다. 마을은 그 들릴 듯 말 듯한 소리 탓인지 기도하는 수녀처럼 조용하기만 했다.

골목길을 몇 바퀴 돌아다녀 봤는데도 금방 나타날 것 같은 굴뚝새의 모습은 보이지 않았다. 심한 흙바람만 마을을 가득 덮고 있을 뿐이었다.

며칠을 불고 있는 바람인지 모른다. 그 누구도 바람 속에서는 보이지 않았다. 바람은 지난겨울 내내 감취뒀던 고독을 마구 뿌리고 다니는 원귀와도 같았다. 바람은 나무 가지 사이에서 더욱 앙탈을 떨었고, 윙윙— 몸부림치듯 전깃줄을 휘감으며 비명을 질러대기도 했다.

이마에 손을 짚고 보아도 끝이 보이지 않는 홍한네 텃밭 근처에서도, 여러 해 동안 사람이 살지 않는 감나무 많은 외딴집 근처에서도 바람은 그 고독한 소리를 지르고 있었다.

"에— 에에— 에."

그건 분명 사람의 소리였다. 바람이 아닌 바람 속에서 바람을 헤치고 나가는 소리. 바람만이 알고 있는 대답인 걸까.

마을 사람들이 불쌍해서 먹을 것이나 돈을 줬을 때 지르는 소리, 고맙다는 뜻인지 더 줬으면 하는 소리인지 알 수 없는 소리. 노래일까, 울음일까, 아니면 단순한 언어일까.

굳이 소리의 성분을 따지자면 높은 '도'에서 시작해서 '솔'로 내려와 다시 '라'로 약간 거슬러 오르다가 낮은 '도'에서 멈추는 소리였다. 연결하면 '도—솔라—도'인 셈이다. 하지만 그것은 피아노 건반에서 나는 소리처럼 단순하지 않았다.

사실 조금만 주의를 기울이고 굴뚝새를 살펴보면 소리를 지를 때 순간적으로 고였다가 사라지는 눈물 같은 것을 볼 수 있다. 하지만 그런 것으로 굴뚝새가 내는 신비스런 소리의 비밀을 알기에는 턱없이 부족했다.

바람이 몹시 부는 날이나 처연하게 비가 내리는 저녁 무렵, 혹은 떡가루 같은 눈이 하염없이 내리는 날일양치면 어김없이 어느 모퉁이에선가 가느다랗고 그러면서 끈질기게 이어지는 그 소리를 들을 수 있었다.

마을 사람들은 야릇한 그 소리에 이끌려 깊은 수렁과도 같은 오래된 전설 속으로 빠져드는 듯한 착각을 하곤 했다. 대부분의 마을 사람들이 그 소리를 꺼려하지만 그 소리는 이미 몇 해 동안 그들의 마음 한 구석에 주술처럼 젖어 있었다.

바람이 몹시 불어댔다. 바람 탓에 온종일 아무것도 할 수 없었다. 나뭇가지 휘어지는 소리, 방앗간 헌 양철 지붕이 뜯기는 소리, 전깃줄 근처에서 울부짖는 바람의 고독한 몸부림, 그 요란한 바람 속에서도 굴뚝새 소리는 여전히 마을 여러 집 창문을 두들겨댔다.

굴뚝새의 집은 마을 맨 위쪽에 있었다. 밖에 나가 살펴보니, 굴뚝새의 집은 여전히 희뿌연 황사로 덮여 있고 그 어느 곳에서도 굴뚝새의 모습은 보이지 않았다.

그래서 굴뚝새일까. 너무 외로워 보여서일까, 슬퍼서일까, 그냥 불쌍해서일까. 나무삐까리*나뭇단을 여러 개 쌓아 놓는 것 속이나 굴뚝같은 구석진 곳에 숨어서 우는 굴뚝새와 닮아서일까.

아무튼 마을 사람들은 그 소년을 굴뚝새라 했다.

"에— 에에— 에."

"저 노메 새끼가!"

아비는 문을 박차고 나갔다. 굴뚝새는 이미 바람에 흔들리는 미루나무 허리춤에 매달려 있었다.

"저, 저 노마가……."

분을 이기지 못한 아비의 눈 속에는 희뿌연 황사 바람에 흔들리는 미루나무가 너무나 뚜렷했다. 아비는 이내 댓돌 위 고무신짝을 아무렇게나 끌며 작은 마당을 가로질렀다.

울타리 한가운데 선 미루나무는 아비의 낡은 고무신짝을 뒤집어 놓은 것 같은 초라한 그들의 초가집과는 어울리지 않게 하늘을 찌를 듯 시원스레 키가 컸다.

'꺽, 꺽, 꺽.'

금방이라도 오물을 쏟아낼 것 같은 구역질과 절룩이는 걸음은 아비의 모습을 한층 초췌해 보이게 했다. 아비는 마당을 가로지르다 말고 문득 걸음을 멈추었다. 그리고는 이마에 손을 짚고 미루나무 위를 향해 소리를 질렀다.

"니, 퍼떡 안 내려올래!"

윙윙거리는 심한 바람 소리는 아비의 소리 따위를 사정없이 앗아갔다. 그래도 굴뚝새의 귀까지는 충분하게 이어질 것 같았지만 바람에 흔들릴 때마다 히끗히끗 보이는 굴뚝새의 모습은 여전히 나무를 기어오르고 있었다.

아비의 소리를 못 들었을까, 듣고도 모르는 척하는 것일까. 알 수 없었다. 굴뚝새의 소리는 언제나 물메아리처럼 흩어지는 것이 아니라 외질게 이어져 나갔다.

"니 뿌뜰리만 죽는대이!"

아비는 손바닥에 침을 퉤퉤 뱉고는 나무를 기어오르기 시작했다.

바람은 더욱 세차게 불어댔다. 땅 위에 모든 것을 송두리째 날려 버릴 것 같은 기세였다. 굴뚝새 아비와 아들이 올라 있는 미루나무도 그 심한 바람을 이기지 못해 스무 해 수령에도 불구하고 휘청휘청 굽어지기 시작했다.

아비는 알고 있었다. 굴뚝새가 왜 나무에 오르는지, 그리하여 바람처럼 소리를 질러대는 우울한 마음을 모를 리 없었다.

그건 어미 때문이었다.

적어도 처음엔 누가 뭐라 해도 아비와 아들의 마음은 한결같았다. 그들이 나무에 오르는 이유도, 하루 내내 아무것도 먹지 못하면서도 배고픔보다 더 큰 공복空腹감 속에서 지내는 것도 꼭 같았다.

아비와 아들은 아침에 일찍 일어나지도 않았다. 아니 일찍 일어날 필요가 없었다. 언제나 햇살이 먼저 그들을 깨웠다. 아침마다 햇살만이 아비와 아들이 잠이 든 창문을 조심스레 두들기곤 했다.

아비와 아들이 부스스 일어나 눈을 부비노라면 천장까지 출렁이는 햇살만 가득할 뿐 텅 빈 아비와 아들의 마음을 채워 줄 것은 아무 것도 없었다. 아비와 아들은 그 공복이 너무 싫었다.

조심스레 눈을 떠도 눈곱이 가득 맺혀 있는 아비와 하품을 크게 하여 눈물이 고이는 굴뚝새의 모습이 다를 뿐, 부자의 눈에 고여 있는 공복은 같았다.

겨우 일어난 아비와 아들은 얼굴을 마주보며 점심을 겸한 늦은 아침 밥상을 대했다. 밥상이라야 빤했다. 꽁보리밥에 된장이 전부였다. 그래도 아비와 아들은 정을 나누듯 맛있게 먹었다.

상을 물리고 아비와 아들은 나란히 뜨락에 나와 앉아 허옇게 이마가 벗겨진 먼 산 꼭대기를 하염없이 바라봤다. 그럴 양치면 아비와 아들의 공허한 동공에는 어느새 똑같은 눈물방울이 고여 있었다.

먼 산은 묘했다. 인자한 조상님 같은 먼 산꼭대기를 바라보노라면 마음 깊은 곳에서 밀려드는 뿌듯한 위안을 얻을 수 있었다. 그러면서 아비는 늘 먼 산처럼 위대한 조상님들 이야기를 했다. 다 그때그때 지어낸 이야기였지만 굴뚝새는 자랑스런 조상님을 믿었다. 먼 산이 그것을 증명하고 있었기 때문이었다.

아비의 마음속에도 굴뚝새의 마음속에도 잔잔히 흐르는 그 어떤 기다림은 같았다. 아비와 아들은 그렇게 먼 산을 쳐다보다가 저녁이 되면 꼭 끌어안고 잠을 청했다.

전혀 잠을 이룰 수 없는 아비나 금방 잠결로 빠져드는 굴뚝새나 마음속에서 살아 꿈틀대는 기다림은 같았다. 사실 그것은 그들의 위안이요 기쁨이며 슬픔이기도 했고, 외로움이었고 행복이기도 했다. 아니 그것은 그들의 전부였는지도 모른다.

그러나 그 막연한 기다림은 사월이 되어 희뿌연 먼지와 함께 불어오는 황사 바람을 따라 어디서 날아왔는지 알 수 없는 까치 한 쌍이 미루나무 꼭대기에 집을 짓고 정착하면서부터 그놈의 바람처럼 흔들리기 시작했다.

햇살이 전처럼 조심스럽게 아비와 아들을 깨우기 전에 까랑까랑 울어대는 까치가 먼저 잠을 깨웠고, 밖으로 나가봤자 인자한 조상님 같은 먼 산도 희뿌연 황사에 가려 보이지 않았다.

굴뚝새는 언제부턴가 까치를 잡겠다고 미루나무에 자주 올라갔다. 아비는 그러는 굴뚝새를 나무라곤 했다. 그러나 그럴수록 굴뚝새는 더 나무에 오르려 했다.

적어도 아비가 처음 말릴 때는 까치가 그래도 행운의 소식을 가져다준다는 말을 은근히 믿고 있었다. 하지만 굴뚝새가 나무에 오르는 것이 단순히 어미 때문이라 단정을 하면서부터 아비 스스로가 견딜 수 없었다.

"에— 에에— 에."

"니, 끝까정 그칼라카나……."

아비는 잡았던 나무 가지를 힘껏 당기며 위로 올라갔다.

오늘은 기어코 굴뚝새가 까치집까지 다다를 것 같았다. 언제나 불안스레 나무 맨 꼭대기에 얹혀 있는 까치집이었건만 여간

한 폭풍에도 여태 꿋꿋하게 버티고 있었다.

나무에 올라서서 바라보는 들녘의 모든 수목들은 희뿌연 황사에 휩싸인 채 온 몸으로 심한 바람에 저항하고 있었다.

난리였다. 커다란 난리가 터진 것 같았다. 바람만의 축제일까. 바람만의 세상일까. 어디서 몰려오는 바람일까. 어디서 몰려오는 먼지일까. 해마다 이맘때면 어김없이 찾아와 모두 공포 속으로 몰아넣고 자기네들만 미쳐 날뛰는 바람의 축제였다.

저만큼 홍한네 집 뒤쪽으로 몇 그루의 꿀밤나무가 보이는 뒷동뫼 정자가 어렴풋이 보였다가 사라지곤 했다. 아비는 그것을 유심히 살피려 하지 않았다. 그렇지만 나무가 바람에 흔들릴 때마다 오락가락하여 몇 번이고 눈을 껌벅여 보았다.

옛날 같았으면 그 정자에 그늘을 드리우는 제법 커다란 꿀밤나무가 있었다. 그 나무는 어느 해 여름엔가 벼락을 맞아서 시커먼 둥치만 남게 되었다. 이젠 그 옆에 새순이 자라나 제법 큰 모습으로 정자를 지키고 있지만 본래의 나무와는 비길 바가 못 되었다.

그 꿀밤나무는 정말 그늘이 좋았다. 아무리 더운 여름철에도 물속처럼 시원한 그늘이었다. 아비는 어미와 일하다가 그 그늘에서 쉬기도 했다. 어미는 별나게 그 그늘을 좋아했다.

아비의 눈에는 간헐적으로 몇 그루의 나무가 서 있는 정자가 신기루처럼 나타나곤 했다. 아비는 꿈을 꾸고 있는지도 모른다고 생각했다.

나무 위를 올려다봤다. 굴뚝새의 위치가 처음보다 한층 높은 곳에 있었다. 아비가 꿈결 같은 정자를 생각하고 있을 동안 미루나무의 키는 한층 더 커진 것 같았다. 까치집도 더욱 까마득히 높아 보였다. 까치집이란 원래 인간들의 손이 닿지 않는 높은 곳에 있었다. 까치와 인간은 처음부터 구별되어져야 하는 것처럼. 하지만 굴뚝새 부자에게는 그렇지 못했다. 아침마다 울어대는 그 소리 때문이었다. 까치는 밤에는 울지 않았다.

하루는 아비가 잠이 오지 않아서 굴뚝새에게 나즉이 물었다.

"니는 와 밤에는 까채이가 안 우는지 아노?"

그때 굴뚝새는 대답을 않고 훌쩍거렸다. 괜한 심정을 건드렸다. 아비도 그러고 싶었다. 울고 싶을 때 마음껏 울 수만 있다면… 자신의 심정대로라면 한강수만큼 눈물을 퍼낼 것이리라. 하지만 굴뚝새가 불쌍해서 그럴 수는 없었다. 굴뚝새는 잘 울었다. 그러나 굴뚝새의 울음에는 눈물이 없었다. 크게 소리를 내지도 않았다.

아비는 생각했다.

아무도 닿지 못하는 까치집처럼 모두가 우러러보는 그런 높은 곳에 집을 짓고 사노라면 아침마다 햇살이 가장 먼저 달려와 깨워주리라. 그러면 가만히 눈을 부비며 일어나 빛나는 햇살의

애무를 받으면서 이슬로 세수를 하기 전에 가만히 어미를 흔들어 같이 세수하리라. 그러고는 햇살이 비치는 곳으로 한없이 날개를 저어 가리라.

굴뚝새 녀석은 나중에야 깨어나 어미와 아비를 기다리겠지. 그래도 부부는 햇살을 쳐올리며 날개를 저어 가리라. 산도 강도 바람도 넓은 들판도 모두 제 것인 양 하루 내내 날아다니리라.

결국 저녁이 되어 그 집에만 햇살이 남아 있을 때쯤 행복한 웃음을 선물로 가지고서 돌아오리라. 그럴 양치면 굴뚝새는 반가움을 감추고 샐쭉 돌아앉으리라. 그래도 부부는 굴뚝새를 번갈아 안아주면서 신비한 세상 이야기를 들려주리라.

아비는 굴뚝새의 등을 어루만져 보았다. 따뜻했다. 아직도 훌쩍이는 것이 등줄기에서 느껴졌다. 아비는 달래듯 굴뚝새의 등을 쓰다듬었다. 까칠한 아비의 손바닥에 비하면 너무나 고운 굴뚝새의 살결이었다. 어미의 속살도 무척이나 보드라웠다.

녀석은 몇 살일까. 아비는 굴뚝새의 나이가 언뜻 잡히지 않았다. 남들처럼 학교에라도 다니면 학년으로도 알련마는 또래의 동무가 없으니 정확하게 알 수가 없었다.

아비는 자신이 한심했다. 어쩌면 하나밖에 없는 자식의 나이도 모를까. 어미는 굴뚝새의 나이뿐만이 아니라 생일까지도 꼬박꼬박 기억했다. 그릇에 봉긋이 담겨진 흰 이밥에 고기반찬이 있는 날이면 그날은 어김없이 굴뚝새의 생일이었다. 그리고 보니 밥이 많다며 괜스레 투정을 부리던 굴뚝새의 모습을 본 지도 꽤 오래 되었다.

"잇날 잇날 디기 오랜 잇날······."

아비는 굴뚝새에게 조상의 이야기를 들려 줄 때처럼 까치가 아침에만 우는 이유를 나직이 꾸며갔다.

"까채이 두 마리가 널븐 내를 사이에 놓고 살았거덩. 두 마리는 서로 억시기 좋아했능기라. 헌데 그때는 아적까정 까채이들이 잘 날지 못했재. 그래서 서로가 밤마다 사랑의 노래만 불러댔지렁.

그카다가 하루는 숫까채이가 목심을 걸고 그 널븐 내를 건넜재. 큰 내는 무사이 건넜지만서도 그만 한쪽 다리가 뿌라졌능기라. 암까채이는 고마버서 숫까채이캉 꼬꼬재배 했재. 그리고 새끼도 낳고 집도 짓고 행복하게 살았는데 말이다.

그러던 어느 날, 오늘처럼 황새바람이 디기 불던 날, 그만 암까채이가 멀리멀리 도망쳤능기라. 숫까채이는 울다울다 목이 다 잠겨버렸재······."

굴뚝새는 벌써 잠이 들어 버렸다. 이야기를 어디까지 들었는지 알 수 없었지만 아비는 괜찮다고 생각했다. 순간적으로 지어낸 이야기였지만 어미와 자신의 이야기였다. 아비는 이야기를 계속하고 싶었다. 행복한 장면이 남아 있었기 때문이었다.

아비는 굴뚝새의 가슴에 손을 얹었다. 그것은 자신의 가슴이었다. 아무것도 없을 것 같은 가슴에서 알 수 없는 그 막연한 기다림이 끊임없이 울렁이고 있었다. 바람 탓일까, 까치 탓일까.

온 땅이 겨울옷을 벗고서 푸릇푸릇 새롭게 소생하는 봄이 오면 홍역앓이 하듯 어김없이 찾아오는 희뿌연 바람, 바람은 천지를 온통 흙먼지로 가득 메웠다.

그러면서 바람은 굴뚝새의 어미를 앗아갔다. 아니 앗아간 것이 아니라 몹쓸 바람 탓으로 도망가게 했다. 희부연 먼지바람이 몹시도 불어대던 그날의 충격이 어지간히 큰 것이 아니어서 아비는 차라리 꿈일지도 모른다고 생각했다.

오뉴월 땡볕이 유난히 따갑던 그날, 일 나갔다가 여느 때보다 이른 시간에 집으로 돌아왔을 때 집안은 숨이 막힐 듯 고요했다. 부엌 쪽에서 인기척이 났지만 아비는 두려워서 쉬 다가가지 못했다.

아니나 다를까 거기에는 홍한네 머슴과 어미가 있었다. 무슨 짓을 했는지 알 수는 없었지만 어미는 고개를 떨군 채 부지깽이로 까닭 없이 다 탄 불만 헤집고 있었고, 홍한네 머슴 녀석은 그 누런 이빨을 드러내고서 겸연쩍게 웃음을 흘리고 있었다. 아비는 아무런 말을 못한 채 못 쓰는 한 쪽 다리만 부들부들 떨고 있었다.

꿈이라는 것은 시간이 지나고 나면 잘도 깨어지건만 그 꿈은 시간이 흐를수록 가슴 쓰린 현실로 반복되었다. 아비는 차라리 깨이지 않는 영원한 꿈을 꾸고 싶었다.

"에— 에에— 에."

굴뚝새가 나무를 기어오르다 말고 소리를 질러댔다. 바람 소리가 제아무리 크다 해도 굴뚝새 소리는 또렷이 들려 왔다. 어떻게 보면 우우 지르는 바람의 울림 속에서 굴뚝새 소리만 외질게 달려 나가는 것 같았다.

아비는 위를 올려다봤다. 어지러웠다. 굴뚝새의 위치가 지나치게 높은 곳에 있었다.

"내려오라카이!"

"내 머락카지 안하께……."

아비의 소리도 애절하게 바람을 가르며 굴뚝새 쪽으로 달려 나갔다. 하지만 아비의 소리를 들었는지 못 들었는지 굴뚝새는 여전히 나무 위를 기어오르고 있었다.

"떨어지만 우짤라고……."

윙윙 바람이 나무를 흔들었다. 여태까진 굴뚝새가 그렇듯 높이 올라간 적이 없었다. 기껏해야 허리 부분까지가 고작이었다. 그것도 아비에게 발각이 되면 곧장 내려 왔다.

말을 못하는 굴뚝새였지만 아비는 그의 심중을 헤아릴 수 있었다. 그러기에 아비는 더욱 거세게 막았는지도 몰랐다. 아비는 여태까지 그래도 굴뚝새의 간단한 억양과 눈빛, 손짓으로도 심중을 쉽게 알 수가 있었다.

실제 그들의 생활에서는 많은 말이 필요하지 않았다. 더구나 어미가 집을 나가면서부터는 더욱 그랬다. 어미가 집을 나갔을 때도 굴뚝새는 단 한 마디의 말도 뱉어내지 못했다.

그러나 그런 굴뚝새가 유일하게 말을 한 적이 있었다. 언젠가 밖을 나갔던 굴뚝새가 마을 아이들이 먹고 있는 누런 옥수수빵을 보고는 어미에게 '빠, 빠…' 하면서 졸랐다.

"빙씨이가 빵은 뭐꼬!"

어미는 굴뚝새를 매정하게 쏘아붙였다. 굴뚝새는 처음 보는 어미의 도끼눈을 피해 아비를 봤지만 아비도 당황스러웠다.

아비의 가슴에 창끝처럼 날아와 박히는 '병신'이란 말, 그것은 비단 굴뚝새에게만 해당하는 욕이 아니었다. 아비에게 어미가 그렇게 야속하고 먼 타인처럼 느껴져 본 적은 일찍이 없었다. 굴뚝새와 아비 자신이 정말 굴뚝새라면, 어미는 머나먼 나라의 왕비마마 같았다.

"여보, 엔만하든 우리도 강낭떡 해묵지."

아비는 측은한 굴뚝새를 위해 하기 싫은 말을 해야 했다. 어미는 밖으로 나가 버렸다. 굴뚝새는 아비의 품에 안겨 훌쩍였다. 아비는 어미에게조차 그런 말을 듣는다는 것이 너무 서러웠다.

그날 저녁 어미는 어디서 구해왔는지 누런 옥수수 빵을 상 위에 올렸다. 굴뚝새도 아비도 낮에 가졌던 서운한 마음이 씻은 듯이 사라졌다. 창 밖으로 어둠이 내리고 있을 뿐 낮에 그렇게 설쳐대던 희뿌연 먼지바람도 거짓말처럼 조용히 잠들어 있었다.

굴뚝새는 마냥 좋아했다. 저녁상에 둘러앉은 굴뚝새 가족의 모습은 행복해 보였다. 아비는 둥지에 가득한 행복이 행여 넘쳐 흘러 버릴까 마음을 졸였다.

그런데… 다음날 아침, 바람은 다시 불기 시작했다. 산이고 들판이고 먼지에 가려 보이지 않던 바로 그날 아침, 밥을 지어야 할 어미의 모습이 보이지 않았다.

아비와 아들은 바람 속에서 어미를 찾아 다녔다. 그러나 그 어디에도 어미는 없었다. 그로부터 마을에서는 희뿌연 먼지바람처럼 소문이 돌기 시작했다. 어미가 홍한네 젊은 머슴과 같이 도망갔다는 것이다.

하지만 아비는 소문에 개의치 않았다. 어미가 홍한네 머슴과 눈 맞아 도망갔다는 사실보다도 어미가 자신이나 굴뚝새 앞에 없다는 사실이 억울할 따름이었다.

덩그렇게 비어 있는 그들의 가슴, 어미로부터 도적맞은 그들의 가슴이 날이 기울 때면 견딜 수 없었다. 아비는 굴뚝새보다 더 크게 울부짖었다.

한차례 바람이 아비의 얼굴을 할퀴고 지나갔다. 그제야 아비
는 자신이 눈물을 흘리고 있다는 것을 알았다. 얼마나 흘렸는지
모르는 눈물, 그 흔해빠진 눈물 몇 가닥이 더 흐른다 해서 뭐
대수로울 것도 없었다.

아비는 간혹 이런 생각을 했다. 세상에 끝없이 솟구치는 것이
있다면 그것은 눈물일 것이다. 어디서 시작하는지 알 수 없는
그 뜨거운 것이 이미 다 말라버렸을 것이라고 단정한 뒤에도, 여
전히 기회가 있을 때마다 가슴 저 깊은 곳에서 북받쳐 올라 사
람을 견딜 수 없게 했다.

보통 눈물을 흘릴 경우 먼저 마음의 감동이 일어나고 속에서
부터 참참이 솟아올라 마침내 눈시울을 적시는 것이거늘 숫제
아비에게선 그렇듯 복잡한 과정 따위가 필요 없었다. 조금만 마
음에 충격이 와도 곧바로 어미와 연관되어졌고 그것은 이내 눈
물로 흘러내렸다.

하지만 눈물은 아비에게 남아 있는 어미에 대한 거의 유일한
무기라고 할 수 있었다. 금방이라도 죽일 것 같이 밉던 어미라
할지라도 눈물 속에선 그저 야속한 사람으로 모든 것을 용서할
수 있을 것 같았다.

눈물이라는 것은 정말 묘했다. 나이도 없이, 현실과 과거와

미래의 거리도 없이 멋대로 넘나들며, 모든 쓰리고 괴로운 일들이 눈물 속에선 그저 동그란 슬픔 하나로 모아질 수 있었다.

동그란 슬픔, 그렇다. 아비가 지탱할 수 있는 힘이란 동그란 슬픔 하나뿐이었다. 그러기에 아비는 눈물을 억제하지 않았다. 때때로 마을 사람들이 마누라 잃어버린 병신 영감쟁이라고 놀려댈 때도, 몇 며칠 먹을 것이 없어서 서러울 때도, 굴뚝새가 한없이 초라한 모습으로 어미를 기다릴 때도 그 눈물로 일축할 수 있었다.

바람이 핥아가는 눈물을 아비는 애써 닦으려 하지 않았다. 오히려 더 많이 감당할 수 없게 흘러 주기를 바랐다. 한 열흘쯤 내리는 장맛비처럼 줄기차게 쏟아져 그야말로 눈물이 바닥을 드러낼 때까지 그렇게 흘러 주기를 바라고 있었다.

"에– 에에– 에."

굴뚝새는 거의 까치집까지 육박하고 있었다.

"이노메 새끼야 지발……."

아비는 이제 더 올라갈 수 없다는 것을 알았다. 장날이었던 어제 술을 너무 많이 마신 탓이었다. 가지를 잡은 손이 부르르 떨려왔다.

요사이 아비는 장날을 많이 기다렸다. 장날이면 아무 할일이 없는 그에게 그래도 일거리가 있었기 때문이다. 처삼촌이 운영

하는 간이 대장간에 풀무 불을 피우기도 하고 낫이나 칼 같은 연장을 갈기도 했다.

비록 대가로 약간의 양식과 몇 모금의 술을 얻어 마시는 것이 고작이었지만 그 일이 아비는 즐거웠다. 하루 내내 먼 산만 바라보는 고적한 삶에서 벗어날 수 있었기 때문이었다. 아비가 풀무 불 풍구의 손잡이를 가만히 돌리노라면 숯불 피어나는 소리가 옛날 다정했던 어미의 숨결처럼 들려왔다.

사실 풀무 불을 붙이는 일은 쉽게 보이지만 꽤 어려운 작업이었다. 풍구의 손잡이를 돌린다는 것이, 돌린다는 것을 의식하면 단 오 분도 지겨운 일이었다.

천천히 그리고 강약을 조절하면서, 돌린다는 의식 없이 바람을 불어넣으면 아침까지 곤두서있던 어미에 대한 칼날이 그 피어나는 숯불에 사그라지는 평온함을 아비는 누릴 수 있었다.

아비는 그것을 좋아했다. 사실 말이 말이지 아무리 날카로운 칼날을 마음에 품은 자라 하더라도 그 자리에 느긋이 앉아 풍구를 돌리는 둥 마는 둥 바람을 붙여 보라. 분명히 마음속에서 찬찬히 일어서는 불길을 느끼게 될 것이고 어느 듯 칼날은 솜사탕처럼 사그라질 것이 아니겠는가.

장날이었던 어제 아비는 일찍 주막으로 자리를 옮겼다.

"오늘은 마 쬐끔만 마시이소."

아비가 주막에 들어서자 주모는 걱정스럽게 맞았다. 아비는 그런 주모의 눈길을 피해 구석진 자리로 갔다.

밖을 봤다. 앞뒤로 꽉 막힌 산들이 그랬고 건너 개울둑에 줄지어 선 미루나무가 그랬고 장바닥에 사람들이 그랬고 모두가 우물 속처럼 포근하게 느껴지는 것이 필시 비가 올 모양이었다.

'그래, 오너라. 한 열흘쯤······.'

아비는 푸념했다. 주모의 동정이 싫었다. 그리고 술을 들이켤 즈음 정말 비가 술술 뿌리기 시작했다.

"마할 년!"

술잔을 잡은 손이 부르르 떨려왔다. 다시는 떠올리기도 싫은 장면이었다. 어쩌면 꿈일지도 모르는 그날의 긴장이 아직도 손을 떨게 하고 있었다.

비를 맞아 피어나는 대장간 불뫼 위로 하얀 김이 아비의 눈 속으로 들어왔다. 옆자리에서 터져 나오는 웃음들이 자신을 비웃는 것 같았다. 그 웃음들이 바늘 끝처럼 따가웠다. 어미에 대한 원망이 술잔을 들이킬 때마다 울컥 솟구쳤다가 술과 함께 넘어갔다 싶으면 다시 기어 올라와 술맛을 자극했다.

아비는 머리를 흔들었다. 바깥의 풍경이 몽롱했다. 대장간 풀무 불빛이 비 속을 뚫고 길 건너 주막까지 선명하게 다가왔다. 발갛게 단 쇠붙이들이 처삼촌의 집게에 집혀 도마 위 고기처럼 사정없이 두들겨 맞고 있었다.

그 쇠붙이들이 불쌍했다. 아비는 앞으로 다시는 망치질을 할 수 없을 것 같다고 생각했다. 어릴 때 개구리를 잡아 냅다 치면 두 다리를 바르르 떨며 죽어갔는데, 저 쇠붙이들이 모두 자신을 닮은 개구리 같았다.

아비의 술잔을 들이키는 횟수가 늘어감에 따라 풀무불이 점점 커져갔다. 주위의 사람들이 천천히 노랫가락으로 돌아갔다.

정에 삼경 지새울 제 얄미운 사람이로다
가고 못 올 님 정이나 가져가지
님은 가고 정만 남으니 내 어히 이 밤을 지샐 건가

하나 둘, 커져가는 불꽃, 불꽃은 마침내 커다란 원무로 변해 있었다. 언제부턴지 그 원무 속에는 흰 옷을 차려 입은 어미가 있었다. 홍한네 머슴 녀석은 없었다. 아무리 찾아도 없었다.

원무는 점차 빨라져갔다. 굴뚝새가 웃었다. 어미는 웃지 않았다. 굴뚝새와 어미가 손을 잡고 돌아갔다. 굴뚝새의 얼굴이 또렷이 다가왔다. 그렇듯 행복에 찬 얼굴은 여태 보지 못했다. 불꽃이었다. 칼날을 무디게 하는 불꽃이었다. 그리고 비가 왔다. 몇 년을 내릴 것 같은 비가 왔다. 머리가 어지러웠다.

아비가 다시 술을 먹어야겠다고 정신을 가다듬었을 때 그는 이미 아랫목에 누워 있었다. 천정에 기도하는 듯한 굴뚝새의 그림자가 커다랗게 보였다. 아비는 될 수 있는 대로 구석으로 비껴 이불을 뒤집어썼지만 그때까지도 비와 불꽃이 어지러웠다.

굴뚝새가 기도를 끝냈는지 아비의 옆을 파고들었다. 그리곤 이내 잠들어버렸다. 어쩌면 잠결에서 어미를 만나고 있는지도 몰랐다. 그런 면에서 잠이란 무척 편한 것이고 참된 행복은 거기에만 존재하는 것 같았다.

하지만 잠을 깨고 나면 다음날 아침이 기다리고 있었다. 아비는 아침에 일어났을 때 겹쳐오는 그 허허로움을 견딜 수 없었다. 그러나 자신보다 굴뚝새가 더 불쌍했다. 어미는 굴뚝새에게 필요했다. 동무도 어미도 없는 녀석, 언제나 외로이 숨어서 그 들릴 듯 말 듯한 소리로 울어대는 녀석을 따뜻하게 해줄 이는 어미뿐이었다.

아비는 밖으로 나갔다. 바람은 불지 않았고 비도 내리지 않았다. 바람은 저녁이면 거짓말처럼 잠잠했다. 울타리 그 큰 미루나무도 어둠 속에서 수채화처럼 포근히 솟아 있었다.

아비는 칼을 찾아 숫돌에 갈기 시작했다. 어미 생각으로 견딜 수 없으면 칼을 갈았다. 그 칼로 어떻게 하겠다는 생각도 없이 그냥 칼이라도 갈지 않고는 그를 달래 줄 그 무엇도 없었다.

아비는 칼을 갈면서 미루나무 꼭대기를 올려다봤다. 까치집은 어둠으로 보이지 않았다. 하지만 까치 부부는 다정스레 새끼를 품고, 밤은 더욱 길게 이어지고 아침은 빨리 오라고 노래를 부르듯 새끼를 서로 번갈아 껴안으면서 서로의 몸을 부비고 그 때마다 물컥물컥 솟아나는 정을 나누며 행복은 작은 둥우리를 넘쳐흐르리라고.

"에— 에에– 에."

아비가 다시 위를 쳐다봤을 때 굴뚝새는 거의 미친 듯이 까치집을 흔들고 있었다. 바람은 그러한 굴뚝새의 모습을 사정없이 후려치며 지나갔다. 굴뚝새는 기어이 까치집을 흔들고 있었다. 윙윙 심한 바람은 미루나무를 마침내 넘어뜨리고 말 것 같았지만 굴뚝새는 거의 발악하듯 소리를 질러대고 있었다.

그때였다.

까치들이 솟아올라 바람에 휩싸이면서 까랑까랑 울부짖고 있을 때 아비는 분명히 보고 있었다. 저만큼 떨어진 고개로 이어진 허리 굽은 길 끝에서 무엇인가가 다가오고 있었다. 희뿌연 먼지바람 속에서도 그 모습은 분명했다. 간혹 코를 훌쩍이며 걸어오는 모습이 분명 어미였다.

아비는 거의 무의식적으로 간밤에 갈다가 내던진 칼 쪽을 확인했다. 칼은 울타리 옆에 초라하게 쓰러져 있었다. 순간 아비의 온몸은 심하게 떨고 있었다.

언젠가 꿈일지도 모른다고 생각되던 날, 그 날의 긴장된 분위기가 새삼스럽게 까치소리와 함께 소용돌이치고 있었지만 아비의 눈에는 뜨거운 눈물이 하염없이 쏟아지고 있을 뿐이었다.

지은이 박명호

1판 1쇄 인쇄 2013년 3월 15일
1판 1쇄 발행 2013년 4월 5일

발행인 김소양

편집주간 김삼주
디자인 박무선, 이윤희, 금부성
사진 정상현
마케팅 김지원, 이희만, 장은혜

발행처 ㈜우리글
출판등록번호 제 321-2010-000113호
출판등록일자 1998년 6월 3일

주소 서울시 서초구 양재2동 299-5 남양빌딩 6층
마케팅팀 02-566-3410 **편집팀** 02-575-7907 **팩스** 02-566-1164
홈페이지 www.wrigle.com **블로그** blog.naver.com/wrigle

ⓒ 박명호 2013

이 책은 저작권법에 따라 보호받는 저작물이므로 무단전재와 무단복제를 금합니다.
이 책의 전부 또는 일부를 이용하려면 반드시 저작권자와 ㈜우리글의 동의를 받아야 합니다.

값은 표지에 있습니다.

ISBN 978-89-6426-059-3 03810

*잘못 만들어진 책은 구입하신 서점에서 교환해드립니다.